キラキラ名探偵

# シャーロックホームズ

## まだらのひも

221
カチャ
カチャ
ボサ…
ずーん
クソッ
ダメだっ

僕《ぼく》の名前《なまえ》は
ジョン・H・ワトソン
医者《いしゃ》だ
そして、この
風変《ふうが》わりな男《おとこ》が
僕《ぼく》の同居人《どうきょにん》
彼《かれ》の名前《なまえ》は
シャーロック・ホームズ
世界初《せかいはつ》の
私立探偵《しりつたんてい》らしい
私立探偵《しりつたんてい》というのは
警察組織《けいさつそしき》に
属《ぞく》さない探偵《たんてい》のこと
警察《けいさつ》もお手上《てあ》げの
難事件《なんじけん》が
ホームズのところには
集《あつ》まってくるんだ
ロンドン警視庁《けいしちょう》の
レストレード警部《けいぶ》も
ホームズを頼《たよ》って
いるよ

確《たし》かに
ホームズの推理《すいり》はすごい
初対面《しょたいめん》で
職業《しょくぎょう》や戦争《せんそう》に
行《い》っていたこと
ケガをしている
ことを言《い》い当《あ》て
られてたのには
驚《おどろ》いたな
カタッ
おっ
食事《しょくじ》が
できましたよ
今日《きょう》は
ローストビーフか
うまそー！

この人《ひと》はハドソン夫人《ふじん》
僕《ぼく》たちが住《す》んでいる
この部屋《へや》の大家《おおや》さんだ
いつもおいしい食事《しょくじ》を
作《つく》ってくれる
とっても優《やさ》しい人《ひと》なんだ
ホームズ
食事《しょくじ》の時間《じかん》だぞ
…いらない
ホームズ、君《きみ》
3日間《かかん》何《なに》も食《た》べてないじゃないか
おまけにほとんど寝《ね》てないだろ
それじゃあ倒《たお》れてしまうよ
関係《かんけい》ないだろ
放《ほう》っておいてくれ
はぁ〜…

こうなると
手《て》がつけられない
ホームズは何《なに》かに熱中《ねっちゅう》すると
食《た》べることも寝《ね》ることも
後回《あとまわ》しにしてしまう
それに
「超《ちょう》」がつくほどの
変人《へんじん》だ
イスに座《すわ》ったまま
2時間《じかん》ぴくりとも
動《うご》かなかったり
びしょ…
雨《あめ》が降《ふ》っていないのに
びしょぬれで
帰《かえ》ってきたり
!?
変装《へんそう》したままの姿《すがた》で
帰《かえ》ってきて驚《おどろ》かされたり
だれ!?
何《なに》それ?
死体《したい》の一部《いちぶ》を
よく見《み》たくて
!!
部屋《へや》に死体《したい》の一部《いちぶ》を
持《も》ち帰《かえ》ってきたり
ひっ

でもホームズとの生活《せいかつ》は楽《たの》しいよ
銀行強盗《ぎんこうごうとう》を捕《つか》まえたり
僕《ぼく》も拳銃《けんじゅう》を撃《う》って活躍《かつやく》したよ
ボヘミア王《おう》のスキャンダルに関《かか》わったり
アイリーンっていう女性《じょせい》すごくきれいな人《ひと》だったなあ
盗《ぬす》まれた宝石《ほうせき》の行方《ゆくえ》を追《お》ったり
あの宝冠《ほうかん》かぶってみたかった
毎日《まいにち》が刺激的《しげきてき》で
ドキドキすることばかりなんだ

先
たべよう…
ドンドン
ホームズさん
いらっしゃいますか⁉
ガチャ
敵《てき》が動《うご》き
出《だ》しました！
わかったすぐ行《い》く
君《きみ》は先《さき》に行《い》ってくれ
さっ
あー
あ゛

じっ
何《なに》をしている
すぐ行《い》くぞ!
えー
食《た》べてからじゃだめ?
そんな時間《じかん》はない
すぐにコートを着《き》るんだ
銃《じゅう》も忘《わす》れずに!
しょぼ…
ハドソンさん ごめんね
帰《かえ》ったら食《た》べるから
冷《さ》めても知《し》りませんよ

事件《じけん》ファイル1
まだらのひも
さあ いよいよ 出発《しゅっぱつ》！
これから 僕《ぼく》たちが遭遇《そうぐう》する 4つの事件《じけん》を 少《すこ》しだけ 紹介《しょうかい》するよ
ひどくおびえた様子《ようす》で たずねてきた女性《じょせい》 ヘレン・ストーナー
彼女《かのじょ》の姉《あね》ジュリアは なぞの死《し》を遂《と》げていた
ジュリアが残《のこ》した メッセージの意味《いみ》とは
まだらの…
この古《ふる》い屋敷《やしき》の秘密《ひみつ》とは…

事件《じけん》ファイル2
ボスコム谷《たに》の惨劇《さんげき》
息子《むすこ》ジェームズ・マッカーシーと
親子喧嘩《おやこげんか》した直後《ちょくご》
何者《なにもの》かに殺《ころ》された
チャールズ
誰《だれ》もがジェームズを疑《うたが》う中《なか》
婚約者《こんやくしゃ》のアリスはジェームズの
無実《むじつ》を信《しん》じている
警察《けいさつ》の捜査《そうさ》も同時《どうじ》に
行《おこな》われている中《なか》
ホームズは真実《しんじつ》を
つきとめることが
できるか!?

事件《じけん》ファイル3
青い紅玉《ブルーカーバンクル》
ガチョウのお腹《なか》から宝石《ほうせき》が出《で》てきた！
だれがいったい何《なん》のために？
ガチョウの持《も》ち主《ぬし》であるヘンリー・ベーカーは
秘密《ひみつ》を知《し》っているのか
ガチョウを追《お》っていくと
思《おも》わぬ事実《じじつ》が判明《はんめい》して…

事件《じけん》ファイル4
くちびるの
ねじれた男《おとこ》
不《ぶ》気《き》味《み》なアヘン窟《くつ》に潜入《せんにゅう》した
僕《ぼく》が出《で》会《あ》ったのは…
夫《おっと》ネビルを探《さが》すセントクレア夫人《ふじん》
彼女《かのじょ》がスラム街《がい》で目撃《もくげき》したのは
不《ぶ》気《き》味《み》な乞食《こじき》は
ネビルを
殺《ころ》したのか？
ホームズは
無事《ぶじ》に事件《じけん》を
解決《かいけつ》できるかな？
僕《ぼく》の活躍《かつやく》も
忘《わす》れずに
見《み》てね！

# ホームズとワトソンについて

難《むずか》しい事件《じけん》をあざやかに解決《かいけつ》する名探偵《めいたんてい》シャーロック・ホームズと、その相棒《あいぼう》ジョン・H・ワトソン。二人《ふたり》はどんな人物《じんぶつ》なのかな?

## するどい観察眼《かんさつがん》で難事件《なんじけん》を解決《かいけつ》!

ホームズの名《めい》ゼリフ

**とても単純《たんじゅん》で難解《なんかい》な事件《じけん》のようだ**

### シャーロック・ホームズ

身長《しんちょう》180cm以上《いじょう》の長身《ちょうしん》でスラッとした体型《たいけい》をしています。論理《ろんり》的思考《てきしこう》といっさいムダのない行動《こうどう》でどんな難事件《なんじけん》も解決《かいけつ》。頭《あたま》の中《なか》に膨大《ぼうだい》な知識《ちしき》があり、必要《ひつよう》に応《おう》じてそれを紡《つむ》ぎ合《あ》わせることができるのがホームズのすごいところです。どんなときでも冷静《れいせい》で、目的《もくてき》のためには手段《しゅだん》を選《えら》ばないため「冷酷《れいこく》」と言《い》われることもあります。

*Sherlock Holmes*

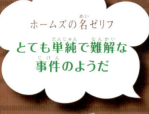

ホームズを陰《かげ》で支《ささ》える
心優《こころやさ》しい相棒《あいぼう》

ジョン・H・ワトソン

ワトソンの名《めい》ゼリフ

僕《ぼく》は君《きみ》の助《たす》けになるのか?

友人《ゆうじん》がほとんどいないホームズの唯一無二《ゆいいつむに》の親友《しんゆう》。そして、変《か》わり者《もの》のホームズに振《ふ》り回《まわ》されながらも、どんな事件《じけん》にもついていく最高《さいこう》の相棒《あいぼう》です。本業《ほんぎょう》は医者《いしゃ》で、多《おお》くの患者《かんじゃ》に慕《した》われています。ふだんはのんびりしていて抜《ぬ》けているところもありますが、いざというときには銃《じゅう》を構《かま》えて立《た》ち向《む》かう勇敢《ゆうかん》さも持《も》っています。

John H. Watson

# もくじ

事件《じけん》ファイル1

# まだらのひも

マンガ　遠野ノオト

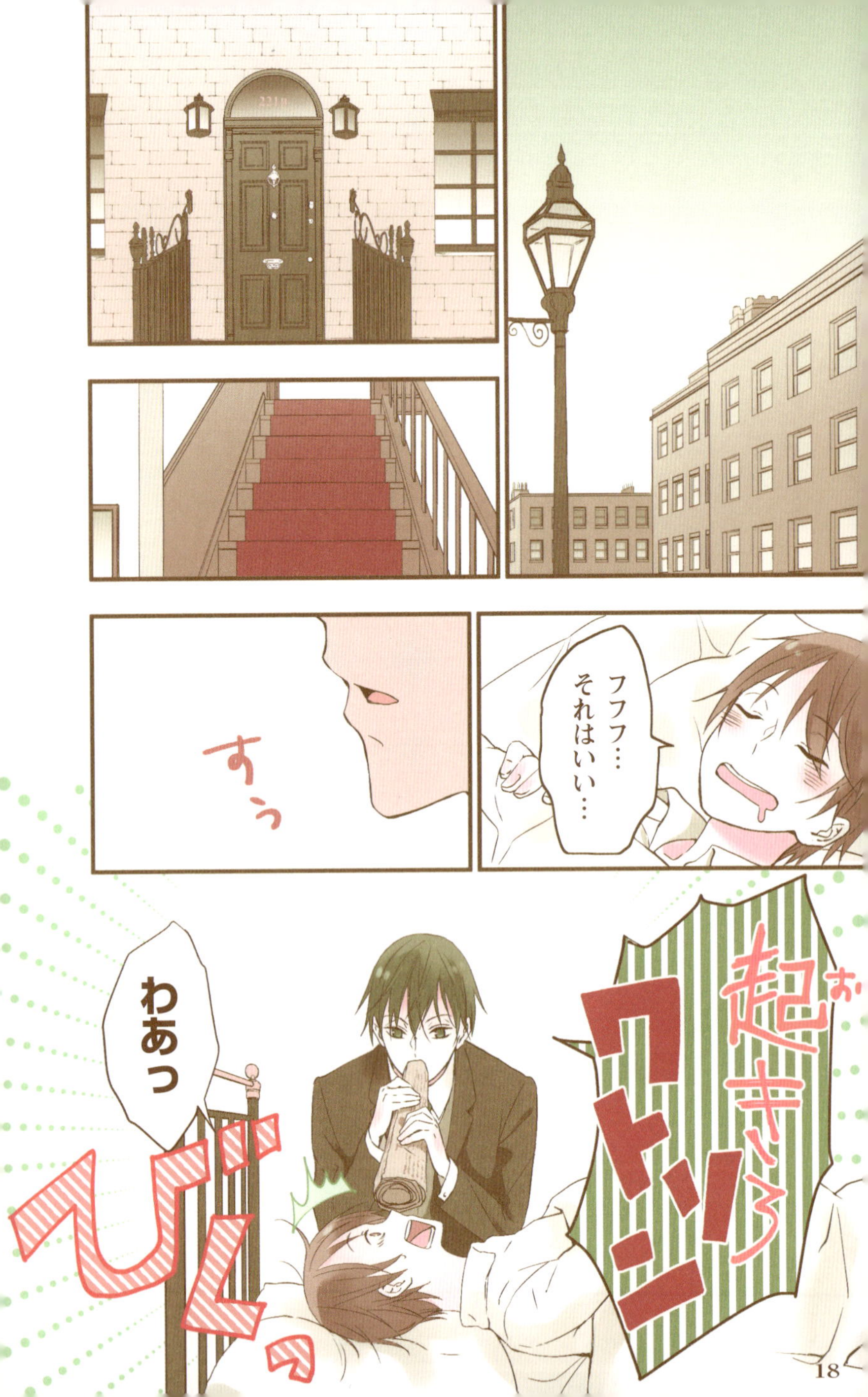

フフフ…
それはいい…
すぅ
起《お》きろ
ワトソン!!
わあっ
びくっ

おはよう！楽《たの》しげな夢《ゆめ》を邪魔《じゃま》して悪《わる》いね！
ホ　ホームズ!?
なんだよこんなに朝早《あさはや》く…せっかくいいところだったのに
君《きみ》の夢《ゆめ》の内容《ないよう》など聞《き》きたくない！考《かんが》えたくもない！
今《いま》すぐその寝《ね》ぼけた頭《あたま》をたたき起《お》こせ！
シャーロック・ホームズ
世界初《せかいはつ》の私立探偵《しりつたんてい》
依頼人《いらいにん》だ！

お待《ま》たせしました
私《わたし》がシャーロック・ホームズです
こちらは助手《じょしゅ》のワトソン
だから助手《じょしゅ》じゃなくて…
ジョン・H・ワトソン
医者《いしゃ》、ホームズの相棒《あいぼう》

おや
震《ふる》えて
いらっしゃる
どうぞ
暖炉《だんろ》のそばへ
いらしてください
…寒《さむ》くて
震《ふる》えているのでは
ありません…
では
どうして？
恐怖《きょうふ》で…
コッ…

身《み》も凍《こお》るような恐怖《きょうふ》で
震《ふる》えが止《と》まらないのです…
ヘレン・ストーナー
今回の依頼人
そのためにぬかるんだ道《みち》を長《なが》い時間《じかん》二輪馬車《にりんばしゃ》に乗《の》り
列車《れっしゃ》に乗《の》り継《つ》いでロンドンまで来《き》たのでしょう
ぞくっ
僕《ぼく》に任《まか》せていただければ必《かなら》ず事件《じけん》を解決《かいけつ》して差《さ》し上《あ》げます

どうして
そのことを…
往復切符《おうふくきっぷ》の
半券《はんけん》が見《み》えます
かなり朝早《あさはや》くに
出発《しゅっぱつ》したでしょう
それと
左腕《ひだりうで》に泥《どろ》ハネが
そのような泥汚《どろよご》れが
つくのは二輪馬車《にりんばしゃ》しか
ありません
同《おな》じものを
見《み》てたのに何《なん》にも
気《き》づかなかった…
またバカにされる
…おっしゃる
通《とお》りです

私《わたし》はヘレン・ストーナー
サリー州《しゅう》の西にあるストーク・モランから来《き》ました
ロンドン
ストーク・モラン
神経質《しんけいしつ》な妄想《もうそう》と思《おも》われるかもしれませんが…
とても恐《おそ》ろしい事件《じけん》が起《お》きたのです
きゃあっ
ガシャン

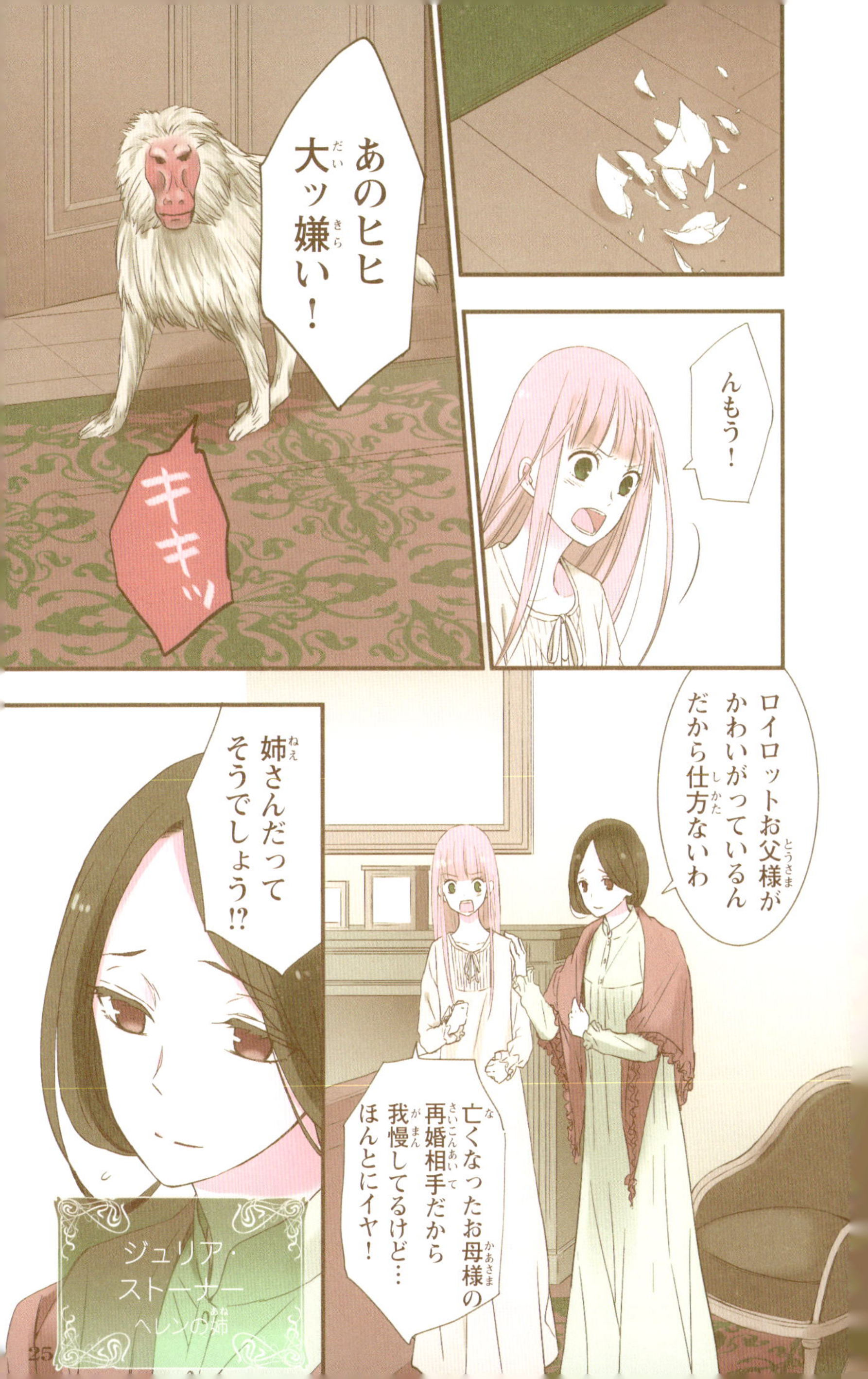

んもう！
あのヒヒ大《だい》ッ嫌《きら》い！
キキッ
ロイロットお父様《とうさま》がかわいがっているんだから仕方《しかた》ないわ
亡《な》くなったお母様《かあさま》の再婚相手《さいこんあいて》だから我慢《がまん》してるけど…ほんとにイヤ！
姉《ねえ》さんだってそうでしょう!?
ジュリア・ストーナー
ヘレンの姉《あね》

この屋敷《やしき》は
最悪《さいあく》よ…
見《み》てよ
あいつら…
北《きた》インドの
ロマニ系《けい》の民《たみ》ね
あのまだら模様《もよう》…
気味《きみ》が悪《わる》いわ
お父様《とうさま》は
インドで医学《いがく》の研究《けんきゅう》を
されていたから
ロマニ系《けい》の民《たみ》しか
お友達《ともだち》がいないのよ
フッ

きゃああっ
もういやよ これじゃ動物園《どうぶつえん》よ
このまえインドから送《おく》ってもらったチーターよ 凶暴《きょうぼう》だから気《き》をつけないと…
姉《ねえ》さんは結婚《けっこん》が決《き》まって もうすぐ屋敷《やしき》を出《で》られるからいいわ
私《わたし》も早《はや》く結婚《けっこん》して こんな所《ところ》出《で》て行《い》きたい！

ロイロット博士《はかせ》
ヘレンとジュリアの義理《ぎり》の父《ちち》
ジュリア…もう寝《ね》るのかい？
ロイロットお父様《とうさま》
いえもう少《すこ》しヘレンの部屋《へや》でお喋《しゃべ》りしてから寝《ね》ますわ
……

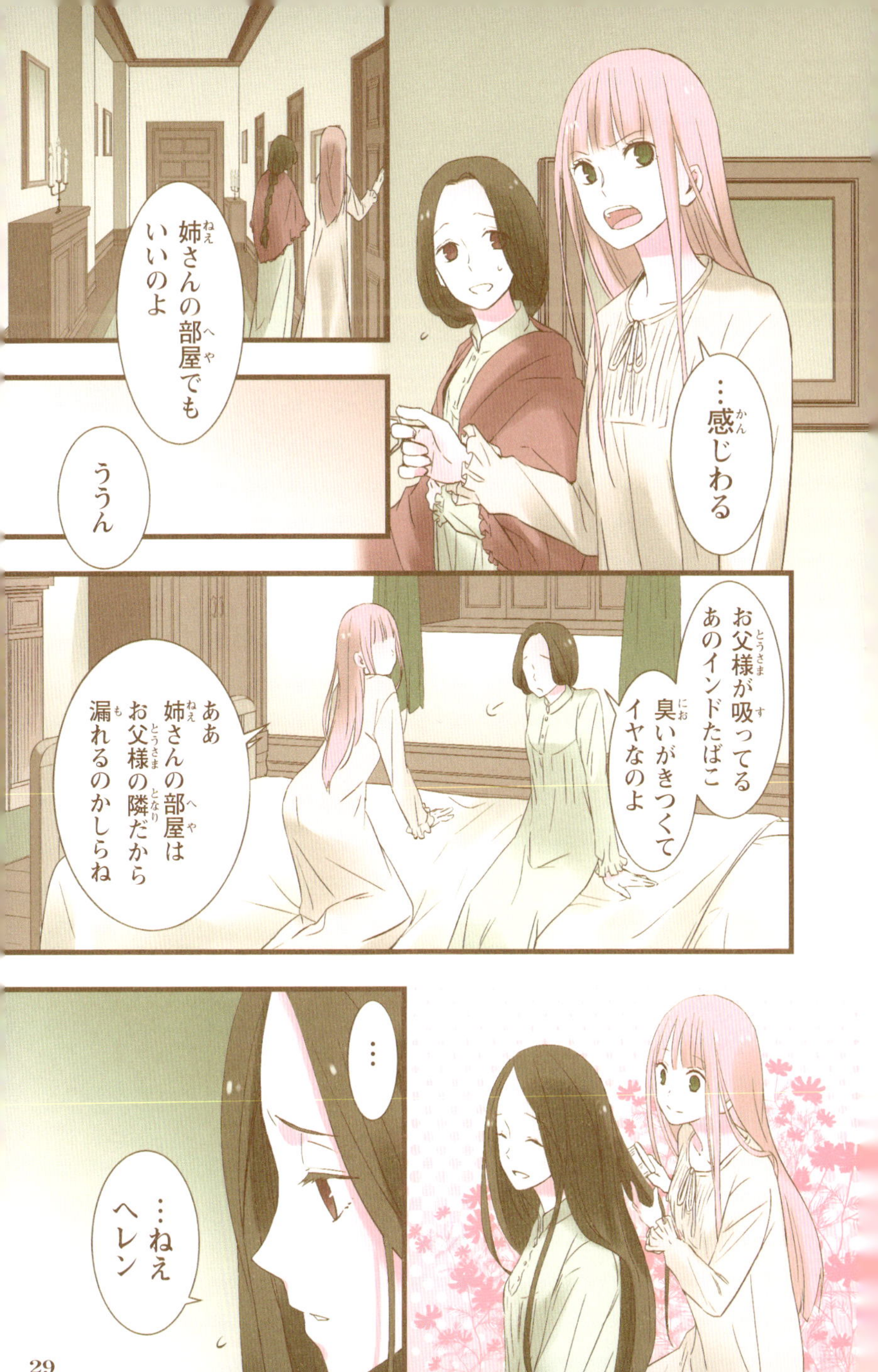
…感《かん》じわる
姉《ねえ》さんの部屋《へや》でもいいのよ
ううん
お父様《とうさま》が吸《す》ってるあのインドたばこ臭《にお》いがきつくてイヤなのよ
ああ 姉《ねえ》さんの部屋《へや》はお父様《とうさま》の隣《となり》だから漏《も》れるのかしらね
…
…ねえ ヘレン

真夜中《まよなか》に
口笛《くちぶえ》を聞《き》いたこと
ある…？
口笛《くちぶえ》？
聞《き》いたこと
ないけど…
あなたが寝《ね》ぼけて吹《ふ》い
たりしてないわよね？
私《わたし》が!?
ないわよ
絶対《ぜったい》
そう…
どうしたの？
変《へん》だよ
ジュリア姉《ねえ》さん

ここ最近《さいきん》
ずっと…
夜中《よなか》の3時頃《じごろ》に
口笛《くちぶえ》が聞《き》こえるの
いつもその音《おと》で
目《め》が覚《さ》めてしまうの…
口笛《くちぶえ》…？ 私《わたし》は
聞《き》こえたことないけど
でもきっと
あいつらよ！
夜中《よなか》に馬鹿騒《ばかさわ》ぎでも
してるんだわ！
そうね…
きっとそう…

きっとヘレンはいびきをかいているから口笛《くちぶえ》が聞《き》こえないのね
もう！そんなことないもの！
おやすみヘレン
鍵《かぎ》ちゃんとかけるのよ
わかってる！
あのヒヒが入《はい》ってきたら大変《たいへん》だもの
姉《ねえ》さんも忘《わす》れずにね

パタン
ゴロゴロ…
ポツ
ポツ…
ザァアア…。
雨強《あめつよ》くなってきたな…
口笛《くちぶえ》か…
姉《ねえ》さんが変《へん》なこと言《い》うから眠《ねむ》れないじゃない
ガタ
ガタ
やだ…なんだか…胸騒《むなさわ》ぎがする…
ギュッ

ドドーーン
ひゃっ
ガタガタ
ドキ
ドキ
ドキ…ッ
きゃあああああ！

姉《ねえ》さん!?
ピーーィ…
口笛《くちぶえ》…!?
ガシャン
!?何《なに》
何《なん》の音《おと》!?
何《なに》か金属《きんぞく》の
あたるような…
姉《ねえ》さん!

ジュリア姉《ねえ》さん！
鍵《かぎ》を開《あ》けて…
姉《ねえ》さ…

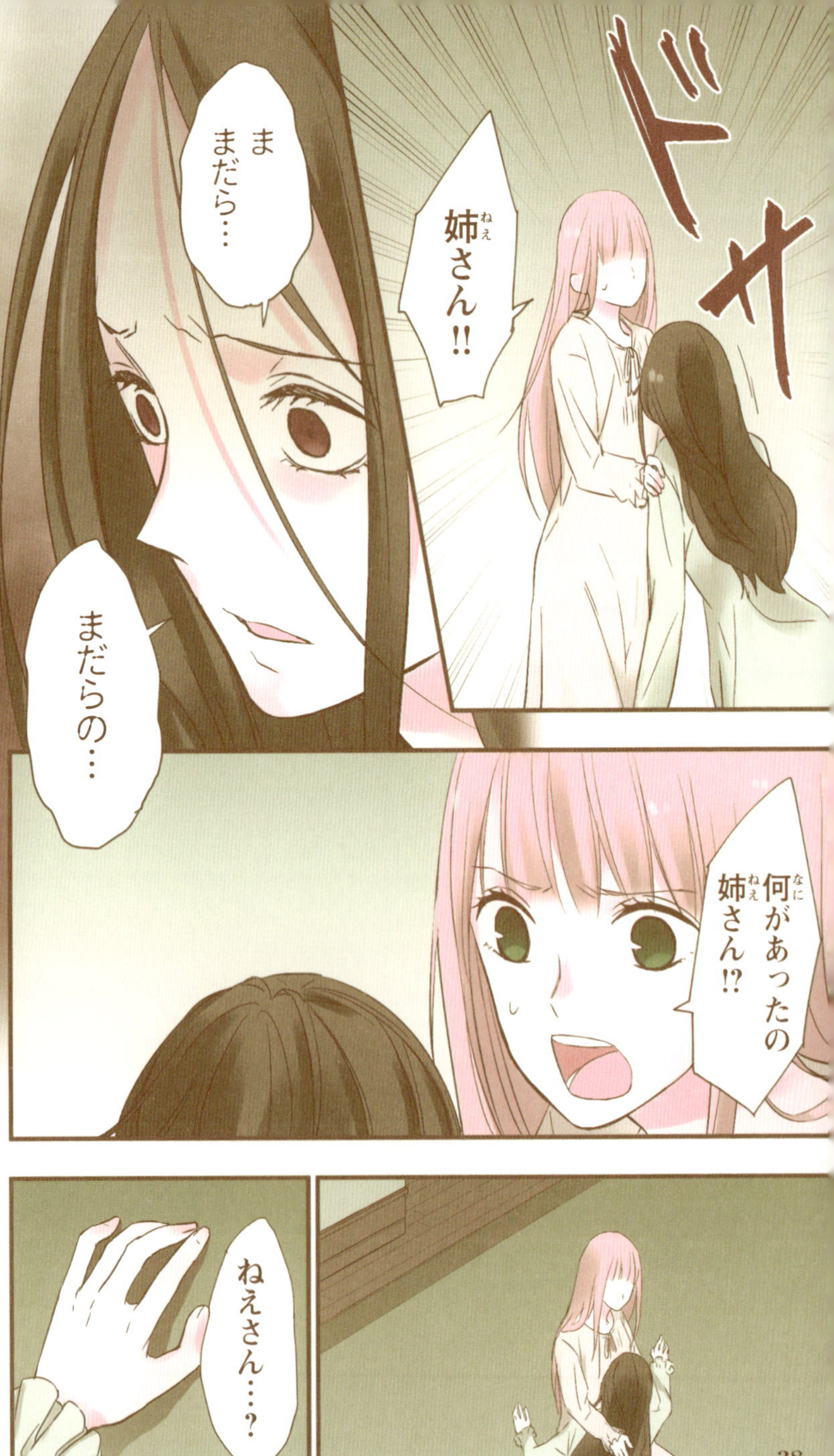
ドサ
姉《ねえ》さん!!
ま
まだら…
まだらの…
何《なに》があったの
姉《ねえ》さん!?
ねえさん…?

姉《ねえ》さん…っ
私《わたし》これからどうやって生《い》きていけばいいの…？
姉《ねえ》さん…お母様《かあさま》…

お父様《とうさま》？
どうかしたんですか？
ヒヒがおまえの部屋《へや》をめちゃくちゃにしてしまった！
ひどい…

今晩《こんばん》から
ジュリアの部屋《へや》を
使《つか》いなさい
え…
姉《ねえ》さんの…？

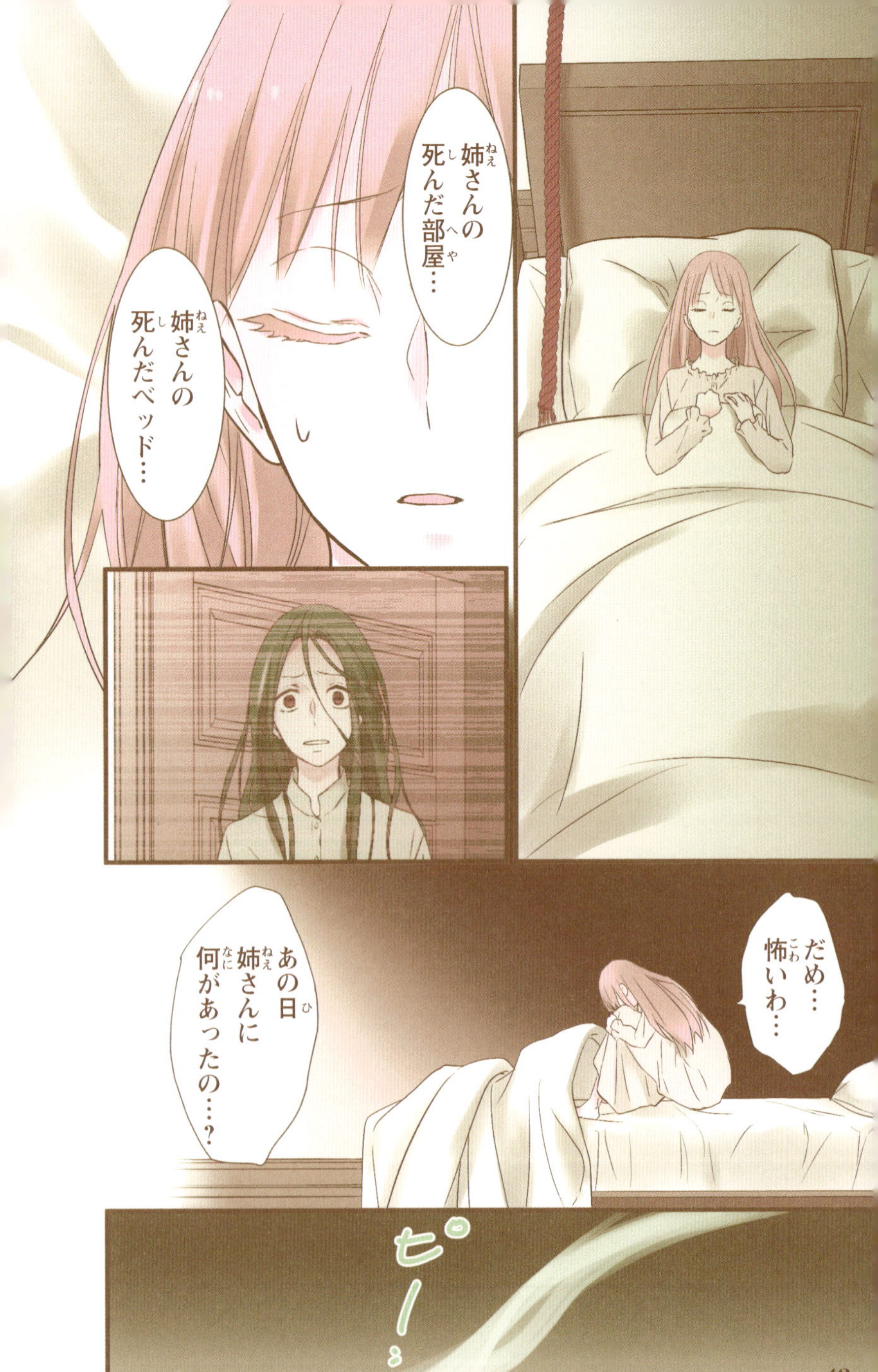
姉《ねえ》さんの死《し》んだ部屋《へや》…
姉《ねえ》さんの死《し》んだベッド…
だめ…怖《こわ》いわ…
あの日《ひ》姉《ねえ》さんに何《なに》があったの…？
ピー…

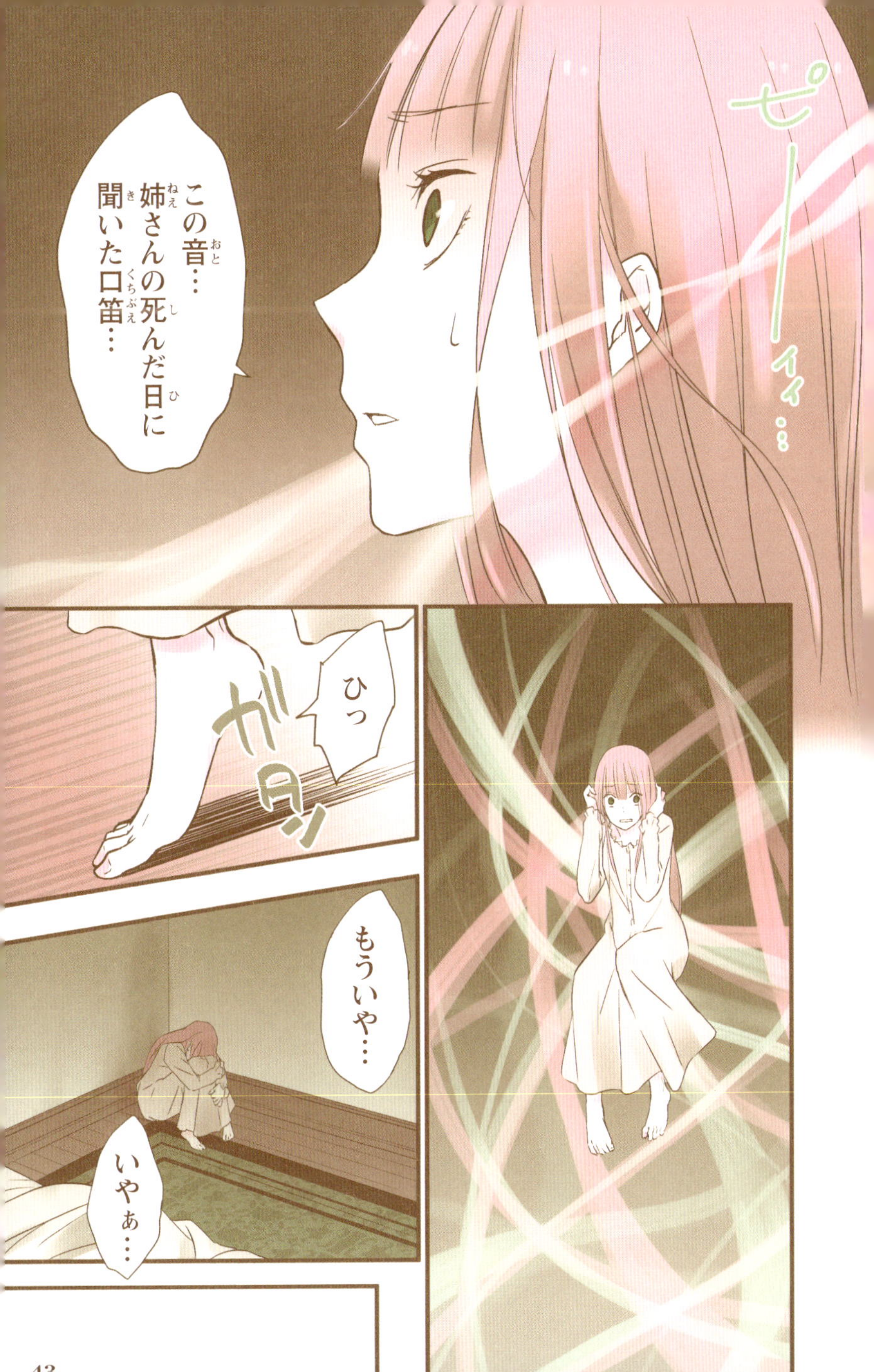
ピ――イィ…
この音《おと》…
姉《ねえ》さんの死《し》んだ日《ひ》に
聞《き》いた口笛《くちぶえ》…
ひっ
ガタッ
もういや…
いやぁ…

そして夜《よ》が明《あ》けるとすぐに屋敷《やしき》を飛《と》び出《だ》しこちらに伺《うかが》ったのです
それは賢明《けんめい》な行動《こうどう》でした
まだら…

ヘレンさん
お姉《ねえ》さんの部屋《へや》に鍵《かぎ》がかかっていたことは確《たし》かですか?
間違《まちが》いありません
窓《まど》もきちんと鎧戸《よろいど》まで閉《し》まっていたことを警察《けいさつ》が確認《かくにん》しています
秘密《ひみつ》の通路《つうろ》といったものは…
警察《けいさつ》が部屋中《へやじゅう》くまなく調《しら》べましたし
もちろん秘密《ひみつ》の扉《とびら》などもありません
ロマニ系《けい》の民《たみ》たちは?
雨《あめ》が降《ふ》っていたので馬車《ばしゃ》に入《はい》っていたと思《おも》いますが
翌日《よくじつ》には庭《にわ》にたむろしていました
…まだらかぁ…

ロマニ系《けい》の民《たみ》たちが身《み》にまとっていた布《ぬの》の模様《もよう》ですわ！
あいつらの仕業《しわざ》に決《き》まっています！
……
お姉《ねえ》さんの身体《からだ》に暴力《ぼうりょく》の跡《あと》は？
そのような痕跡《こんせき》は見《み》つかりませんでした
毒《どく》は？
検出《けんしゅつ》されませんでした…

この事件《じけん》は闇《やみ》が深《ふか》い…
ロイロット博士《はかせ》に知《し》られずに現場《げんば》を調査《ちょうさ》することはできますか？
今日《きょう》は街《まち》に出《で》ると先日《せんじつ》言《い》っていましたから
おそらく夕方《ゆうがた》までは戻《もど》らないかと…

それは好都合《こうつごう》だ！
ぱっ
ホームズ！僕《ぼく》も行《い》くからな!?
ヒヒとチーターが放《はな》し飼《が》いになっている屋敷《やしき》だ！念《ねん》のため軍用銃《ぐんようじゅう》を用意《ようい》しておけワトソン！

ロマニ系《けい》の民《たみ》には見《み》つかってないようですね
うーん 表《おもて》からは開《あ》かないな
内鍵《うちかぎ》がかかってますから
ガッ
……
ナイフの入《はい》る隙間《すきま》もないか…
無理矢理《むりやり》こじ開《あ》けたような傷《きず》もないし
蝶番《ちょうつがい》の錆《さび》がはげたような不自然《ふしぜん》な所《ところ》もないですわね…

ネジをとって
戸《と》を外《はず》した
わけでもなさそうだ
まだらと言《い》っていたので
ロマニ系《けい》の民《たみ》が着《き》ている
布《ぬの》の模様《もよう》だとばかり…
ばん
何《なに》をしてるんだ
ワトソン!
内側《うちがわ》から鍵《かぎ》をかけた
鎧戸《よろいど》から入《はい》るなんて
できるわけが
ないだろう!
さっさと
中《なか》を調《しら》べるぞ!

このロープは何《なん》ですか？
家政婦《かせいふ》の呼《よ》び鈴《りん》です
姉《あね》は必要《ひつよう》ないと言《い》ったのですが父《ちち》が…

まだ新《あたら》しいもののようだ
ええ 最近父《さいきんちち》がいくつかリフォームをしたんです
ロイロット博士《はかせ》が？
へえ それは娘《むすめ》さん思《おも》いだ…
ん？
ぐいぐい
何《なん》だ ベルが鳴《な》らないぞ
壊《こわ》れてるのか？
よく見《み》たまえ ワトソン

え？
ベルなんかつながってないじゃないか！
しかも換気口《かんきこう》は隣《となり》の部屋《へや》につながっている
外《そと》につなげなければ意味《いみ》がないだろうに
この換気口《かんきこう》も父《ちち》がリフォームを…
このせいで姉《あね》は父《ちち》のたばこの臭《にお》いに悩《なや》まされたのね
うーん　どういうことだ？

形《かたち》だけのベル紐《ひも》に
意味《いみ》のない換気口《かんきこう》か…
ギギィ
わ!
よろ
と
とっ
ガッ
どさっ

…
大丈夫《だいじょうぶ》ですか!?
ワトソン…
このベッド
君《きみ》がぶつかっても
びくともしなかったな?
ん?
釘《くぎ》で打《う》ち付《つ》けて
あるぞ?

……
博士《はかせ》の部屋《へや》も拝見《はいけん》できますか？
ロイロット博士《はかせ》は毒性学《どくせいがく》の研究《けんきゅう》をされているらしいな

これは…
遺言書《ゆいごんしょ》だ
お母様《かあさま》の!?
この遺言書《ゆいごんしょ》によると二人《ふたり》の娘《むすめ》さんが結婚《けっこん》した際《さい》には
それぞれ財産《ざいさん》の半分《はんぶん》を相続《そうぞく》することになっている
なら博士《はかせ》には?
娘《むすめ》の結婚《けっこん》がなければ財産《ざいさん》は博士《はかせ》のものになるね

なんてこと…
この金庫《きんこ》…
中《なか》で動物《どうぶつ》を飼《か》っているとか？
何《なん》でそんなところでペットを飼《か》う必要《ひつよう》があるんだ
以前《いぜん》見《み》たときは父《ちち》の仕事《しごと》の書類《しょるい》が入《はい》っていました
これは動物用《どうぶつよう》の飲《の》み皿《ざら》に見《み》えます
あの憎《にく》たらしいチーターかヒヒにあげているのかも…？

ん？
何《なん》だこの火《ひ》かき棒《ぼう》…
先《さき》が輪《わ》になってる
これでチーターを追《お》い払《はら》うのか？
はっ

遺産相続《いさんそうぞく》
インドの動物《どうぶつ》
換気口《かんきこう》
打《う》ち付《つ》けられたベッド
まだら
医学博士《いがくはかせ》
呼《よ》び鈴《りん》の縄《なわ》
口笛《くちぶえ》
火《ひ》かき棒《ぼう》

パチン
ド…
面白《おもしろ》い

獲物《えもの》を仕留《しと》めるとしよう
お帰《かえ》りなさい お父様《とうさま》
ずいぶん遅《おそ》かったですね
私《わたし》、少《すこ》し頭痛《ずつう》がするので
先《さき》に部屋《へや》で休《やす》みます

…そうか…
……
ロイロット博士《はかせ》が
帰《かえ》ってきたら
あなたは
適当《てきとう》に理由《りゆう》をつけて
部屋《へや》にこもること
そして博士《はかせ》が
ベッドに入《はい》る
音《おと》がしたら
窓《まど》と鎧戸《よろいど》を開《あ》けて
私《わたし》たちにランプで
合図《あいず》してください
そうしたら
あなたは一晩《ひとばん》
元《もと》の自分《じぶん》の部屋《へや》に
いてください
くれぐれも博士《はかせ》に
気《き》づかれない
ようにね

僕《ぼく》とワトソンはあなたの部屋《へや》で一夜《いちや》を過《す》ごします
まぁ
ホームズ…
言いかた…
あとは僕《ぼく》たちに任《まか》せてください
必《かなら》ずこの事件《じけん》を解決《かいけつ》してみせます
…わかりました
お二人《ふたり》を信《しん》じます
…ワトソン

うん？何《なん》だい
正直《しょうじき》に言《い》おう
あの部屋《へや》には明確《めいかく》な危険《きけん》がある
もし君《きみ》がここで帰《かえ》ると言《い》っても僕《ぼく》は君《きみ》を責《せ》めはしない
……
ザザッ
!?

……
何《なん》だ
ペットのヒヒだ
ああびっくりした…
はた
あっ合図《あいず》の灯《あか》りだ！
ホームズ！
ばっ

僕《ぼく》は君《きみ》の助《たす》けになるのか？
……
…そうだな
このステッキの代《か》わりくらいにはなるだろう
それなら君《きみ》と行《い》かない理由《りゆう》がないな
はっ

…フン
君《きみ》ほどの物好《ものず》きもめずらしいよ
灯《あか》りは消《け》すよ
換気口《かんきこう》から漏《も》れて博士《はかせ》に気《き》づかれてしまうからね
眠《ねむ》るなよ
ヒソ
僕《ぼく》はベッドに座《すわ》ろう
君《きみ》は椅子《いす》だ

カチ
カチ
カチ
カチ
カチッ

シュッ…
ポウ…
ガシャン
ぐっ
ピィィィ…
ピ!!
シュー…
シュー

ズル
ズル
ズル…

見《み》たか ワトソン!?
なっ 何《なに》をだ!?
ぎゃあああっ
!
隣《となり》だ! 行《い》くぞっ

まだらだ…
まだらのひもだ！
ずる‥

あれは沼《ぬま》マムシだ！
インドの毒蛇《どくへび》だ!!
シャアッ
カッ
アッ
はぁ
はぁ…
コッ…
なんてこと…
まだらの正体《しょうたい》は毒蛇《どくへび》だったのね…

ロイロット博士《はかせ》は娘《むすめ》たちを殺《ころ》して財産《ざいさん》を乗《の》っ取《と》る計画《けいかく》を立てたんだ
固定《こてい》されたベッドに枕元《まくらもと》まで垂《た》れ下《さ》がったロープとくれば
おそらくあの換気口《かんきこう》から何《なに》かがベッドまで来《く》るための通《とお》り道《みち》だろうと考《かんが》えた

あのサイズの穴《あな》を通《とお》り抜《ぬ》けられる生《い》き物《もの》といえば蛇《へび》だろう
博士《はかせ》はインドから動物《どうぶつ》を取《と》り寄《よ》せているからね
イギリスでは知《し》られていない毒《どく》を持《も》った蛇《へび》を手《て》に入《い》れることも可能《かのう》だと考《かんが》えた
口笛《くちぶえ》で蛇《へび》を飼《か》いならし
金庫《きんこ》で蛇《へび》を飼《か》う…か
お姉《ねえ》さんを咬《か》むまで蛇《へび》は何度《なんど》も放《はな》たれていた
もちろんすべてをコントロールできるわけじゃない
だから何度《なんど》も口笛《くちぶえ》を耳《みみ》にしていたのか

しかし博士《はかせ》もホームズに叩《たた》かれ逆上《ぎゃくじょう》した蛇《へび》に咬《か》まれて死んだ…
いや今回《こんかい》の事件《じけん》はいい教訓《きょうくん》になったじゃないか
とくに君《きみ》のね…
僕《ぼく》の？
知識《ちしき》を備《そな》えた医者《いしゃ》が犯罪《はんざい》に手《て》を染《そ》めると最悪《さいあく》の犯罪者《はんざいしゃ》になる
君《きみ》も気《き》をつけたまえ
怒《おこ》るぞホームズ！

# もっと知《し》りたい！

# ホームズの世界《せかい》 1

ホームズ達《たち》が活躍《かつやく》した19世紀《せいき》のロンドンは、どんな場所《ばしょ》だったのかな。
物語《ものがたり》を深《ふか》く知《し》るために、ちょっとのぞいてみよう!

## ホームズ達《たち》の乗《の》り物《もの》が知《し》りたい!

シャーロック・ホームズが活躍《かつやく》したのは19世紀後半《せいきこうはん》のイギリス。当時《とうじ》のロンドンの街《まち》には、自動車《じどうしゃ》も少《すこ》しずつ走《はし》り始《はじ》めていました。しかし、人々《ひとびと》の乗《の》り物《もの》といえば、馬車《ばしゃ》と鉄道《てつどう》がメインでした。ホームズとワトソンも事件《じけん》が起《お》こるたびに、馬車《ばしゃ》と鉄道《てつどう》に乗《の》ってあちこち駆《か》け巡《めぐ》っています。

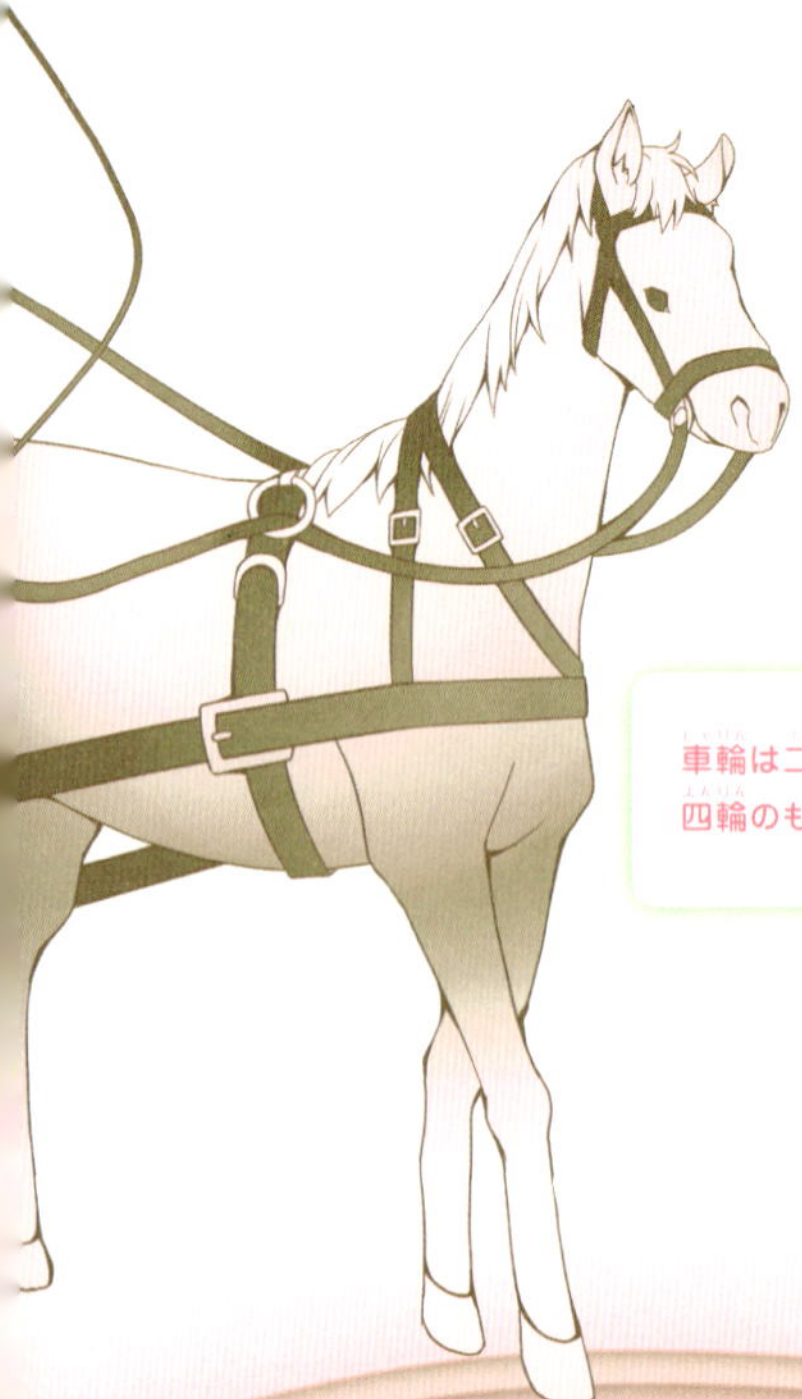

### 馬車《ばしゃ》

ロンドンの街《まち》には、いろいろな馬《ば》車《しゃ》が行《い》き交《か》っていました。上流階級《じょうりゅうかいきゅう》の人《ひと》たちが持《も》っている自家用《じかよう》の馬車《ばしゃ》から、今《いま》でいうタクシーのような「辻《つじ》馬車《ばしゃ》」やバスのように使《つか》われる「乗《の》り合《あ》い馬車《ばしゃ》」など、大《おお》きさや用途《ようと》もさまざまでした。

車輪《しゃりん》は二輪《にりん》のものと
四輪《よんりん》のものがありました。

貴族《きぞく》の間《あいだ》では、
自分《じぶん》の馬車《ばしゃ》を買《か》うのが
ステータスになって
いたんだよ

## 便利《べんり》な辻馬車《つじばしゃ》

ホームズたちがよく使《つか》っているのが辻《つじ》馬車《ばしゃ》というタクシーのような馬車《ばしゃ》。行《い》き先《さき》を告《つ》げるとそこまで連《つ》れて行《い》ってくれました。運賃《うんちん》は距離《きょり》によっておおまかに決《き》まっていたようですが、「20分《ふん》で着《つ》いたら半《はん》ソブリン（約《やく》1万《まん》2000円《えん》）お支払《しはら》いします」というように、ホームズは特急料金《とっきゅうりょうきん》を上乗《うわの》せして払《はら》うこともありました。

御者《ぎょしゃ》への聞《き》き込《こ》みは
推理《すいり》の重要《じゅうよう》なプロセスだ

馬《うま》を操《あやつ》り、馬車《ばしゃ》を運転《うんてん》する人《ひと》を御者《ぎょしゃ》といいます。御者《ぎょしゃ》は馬《うま》の数《かず》や馬車《ばしゃ》の大《おお》きさによって1人《ひとり》～2人《ふたり》でした。

## ◆ 鉄道《てつどう》

1840年代《ねんだい》に入《はい》り、ロンドンと各《かく》都市《とし》を結《むす》ぶ鉄道《てつどう》が急速《きゅうそく》に発展《はってん》していきました。ホームズたちの住《す》むベイカー街《がいちか》近くのパディントン駅《えき》など、ターミナル駅《えき》も造《つく》られ、鉄道《てつどう》は人々《ひとびと》の生活《せいかつ》になくてはならないものになっていきました。

また、ロンドンは世界《せかい》で初《はじ》めて地下鉄《ちかてつ》が建設《けんせつ》された街《まち》でもあります。イギリスは鉄道先進国《てつどうせんしんこく》。鉄道《てつどう》の発展《はってん》とともに経済《けいざい》も成長《せいちょう》していきました。

馬車《ばしゃ》では行《い》けない
遠《とお》い場所《ばしょ》には、鉄道《てつどう》で
行《い》くことが多《おお》いな

## キーワード解説《かいせつ》

物語《ものがたり》に出てくる難《むずか》しい言葉《ことば》や知《し》っておきたい知識《ちしき》をチェック!

### ロマニ系《ろまにけい》

もともとはインドの民族《みんぞく》で、故郷《こきょう》を捨《す》てて旅《たび》をしながらヨーロッパにたどりついた人々《ひとびと》のこと。「ロマ族《ぞく》」と呼《よ》ばれることもあります。ヨーロッパの暮《く》らしになじまず、法律違反《ほうりついはん》を犯《おか》したりすることもあったので、差別《さべつ》を受《う》けることも多《おお》かったようです。ロマニ系《けい》の人々《ひとびと》の中《なか》でも貧《まず》しい人《ひと》は、物乞《ものご》いで生活《せいかつ》していることもあります。

### 海外の動物《かいがいのどうぶつ》

現在《げんざい》では、生《い》きた動物《どうぶつ》の輸入《ゆにゅう》には厳《きび》しい審査《しんさ》があり、個人《こじん》が気軽《きがる》にできるものではありませんが、当時《とうじ》は比較的簡単《ひかくてきかんたん》だったようです。1973年《ねん》に国際的《こくさいてき》に採択《さいたく》された「ワシントン条約《じょうやく》」では、多《おお》くの野生動物《やせいどうぶつ》の取《と》り引《ひ》きが禁止《きんし》されています。

家《いえ》の中《なか》にチーターが
いるなんて今《いま》では
考《かんが》えられないよね!

事件《じけん》ファイル2

# ボスコム谷《たに》の惨劇《さんげき》

マンガ　いさかわめぐみ　文　森永《もりなが》ひとみ

ザッ
ザッ
ジェームズ・マッカーシー
ボスコム谷《たに》の田舎町《いなかまち》に住《す》む青年《せいねん》
やあクローダー
こんにちはジェームズ・マッカーシーさん久《ひさ》しぶりですね
ブリストルに出《で》かけていてね今朝《けさ》帰《かえ》ってきたんだ

ウサギ狩《が》りですか？
たくさん捕《と》れたらお裾分《すそわ》けするよ
クーイー！
合図《あいず》の声《こえ》？
父《とう》さんが来《き》てるのか？
ザッ…

チャールズ・マッカーシー
ジェームズの父《ちち》
チャールズ父《とう》さーん！
ジェームズ？
父《とう》さんどうしたのこんな所《ところ》で
…それは俺《おれ》のセリフだ！

お前《まえ》出《で》かけていたんじゃないのか？
さっき帰《かえ》って来《き》たんだよ
ここにいるんじゃねえ！
さっさと帰《かえ》れ！
なんだよその言《い》い方《かた》は…
うるせえ！帰《かえ》れって言《い》ったら帰《かえ》れ！
父《とう》さんに指図《さしず》されることじゃないだろ
あのな！
お前《まえ》は俺《おれ》の言《い》うことを聞《き》いてればいいんだよ！

常《つね》に俺《おれ》の言《い》う通《とお》りに動《うご》け！
…僕《ぼく》の意志《いし》はお構《かま》いなし？
生意気《なまいき》言《い》うな！誰《だれ》が育《そだ》ててやったと思《おも》ってんだ！
おお…そうだ…！帰《かえ》ってきたのだしいい機会《きかい》だ
アリス・ターナーに求婚《きゅうこん》してこいよ
またその話《はなし》…

アリスみたいな いい娘《こ》と結婚《けっこん》なんて できるわけないよ
うるせえ!
いいか あの女《おんな》と 結婚《けっこん》しろ!
ムッ
僕《ぼく》は父《とう》さんの 道具《どうぐ》じゃ ない!
プイッ
アリスを 手《て》に入《い》れろ!
ザッ ザッ

ターナーの金《かね》を手《て》に入《い》れろ！
ザッ ザッ
まったく…なんて父親《ちちおや》だ！
ぎゃあああ！
ビクッ
父《とう》さん？
父《とう》さん！
ダッ！

！
父《とう》さん！
父《とう》さんッ！
ああ…なんでこんな…！
……ラット

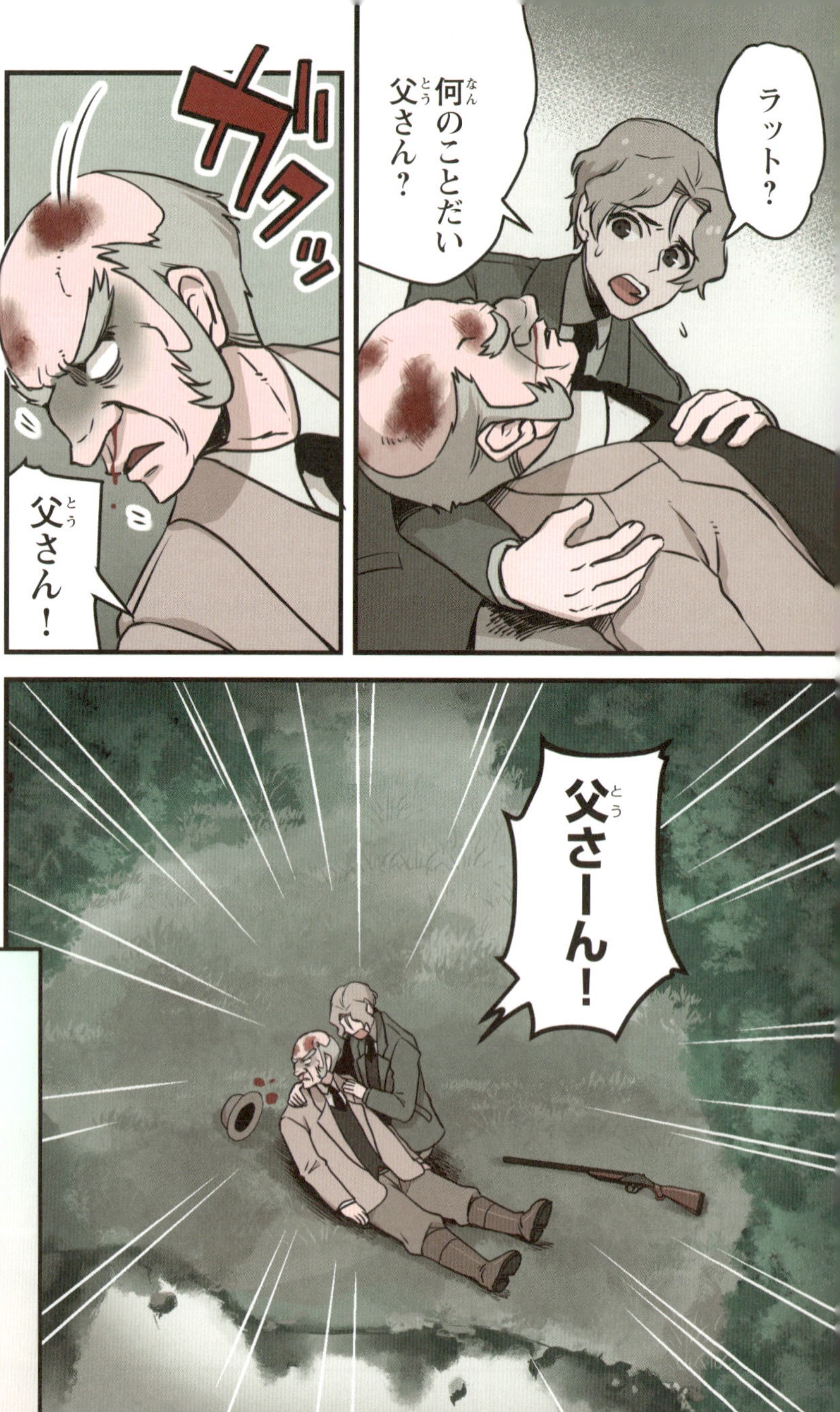
ラット？
何《なん》のことだい
父《とう》さん？
ガクッ
父《とう》さん！
父《とう》さーん！

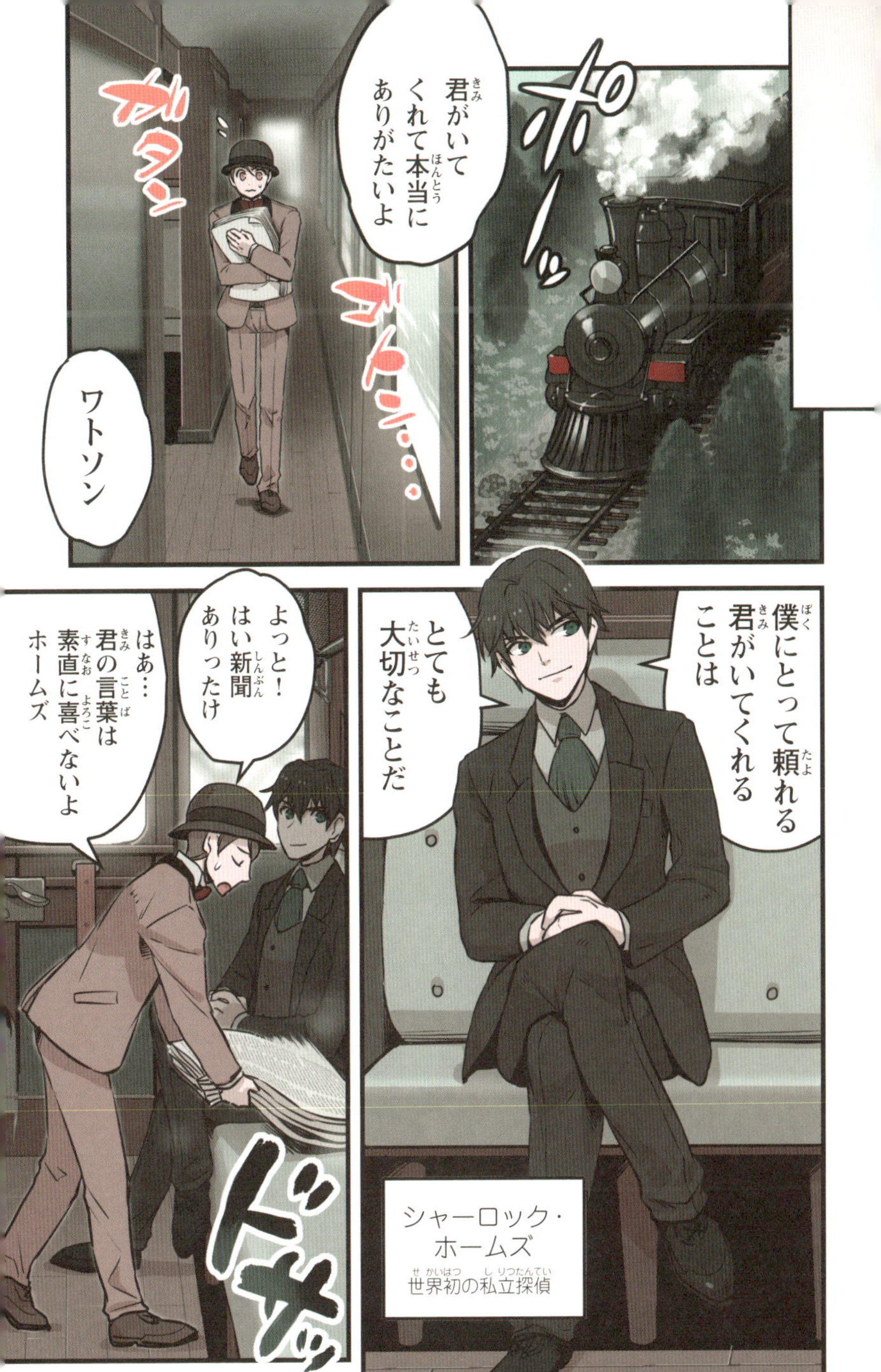

ポーッ
君《きみ》がいてくれて本当《ほんとう》にありがたいよ
ゴトン…
ガタン
ワトソン
僕《ぼく》にとって頼《たよ》れる君《きみ》がいてくれることは
とても大切《たいせつ》なことだ
シャーロック・ホームズ
世界初《せかいはつ》の私立探偵《しりつたんてい》
よっと！はい新聞《しんぶん》ありったけ
はあ…君《きみ》の言葉《ことば》は素直《すなお》に喜《よろこ》べないよホームズ
ドサッ

バサッ
フゥ
この事件《じけん》…
ジョン・H・ワトソン
医者《いしゃ》、ホームズの相棒《あいぼう》
新聞《しんぶん》によるととても難解《なんかい》で単純《たんじゅん》な事件《じけん》のようだ
難解《なんかい》で単純《たんじゅん》って…
訳《わけ》がわからないよ
息子《むすこ》が父親《ちちおや》を殺害《さつがい》した事件《じけん》で間違《まちが》いない
新聞《しんぶん》もそう報《ほう》じてるじゃないか

犯罪《はんざい》というモノは
特徴《とくちょう》がなく一般的《いっぱんてき》になればなるほど…
解決《かいけつ》することが難《むず》しくなる
この事件《じけん》は変《か》わっている
この特異性《とくいせい》は間違《まちが》いなく手《て》がかりになるさ
どの新聞《しんぶん》も同《おな》じようなことしか書《か》いてないけどなぁ～
「西部《せいぶ》イングランドヘレフォード州《しゅう》の
ロスという町《まち》の郊外《こうがい》にあるボスコム谷《たに》」
ヘレフォード州《しゅう》ロス
ロンドン

チャールズ・マッカーシーは
3時《じ》に大事《だいじ》な約束《やくそく》があると言《い》い残《のこ》して出《で》かけたが
息子《むすこ》のジェームズに殺害《さつがい》された
被害者《ひがいしゃ》はジェームズが持《も》っていた猟銃《りょうじゅう》の台尻《だいじり》で殴《なぐ》られていた
状況証拠《じょうきょうしょうこ》から見《み》て息子《むすこ》が犯人《はんにん》に間違《まちが》いないよ
間違《まちが》いなく一《ひと》つの物事《ものごと》を指《さ》し示《しめ》しているように見《み》えても
視点《してん》を変《か》えて見《み》ると全《まった》く別《べつ》の物事《ものごと》を指《さ》していることもある
情報《じょうほう》を整理《せいり》してみよう

今回《こんかい》の被害者《ひがいしゃ》チャールズ・マッカーシーと
容疑者《ようぎしゃ》である息子《むすこ》のジェームズ
マッカーシーは以前《いぜん》オーストラリアにいたが
当時《とうじ》の知《し》り合《あ》いであるジョン・ターナー氏《し》の援助《えんじょ》を受《う》けボスコム谷《たに》に来《き》た
ジョン・ターナー氏《し》はボスコム谷《たに》で一番《いちばん》の大地主《おおじぬし》だ
ジョン・ターナー
ターナー氏《し》は自分《じぶん》の所有《しょゆう》している農場《のうじょう》の一《ひと》つをマッカーシーに貸《か》していた
家族《かぞく》は娘《むすめ》のアリスさんだけだ
このアリスさんが今回《こんかい》の依頼人《いらいにん》だ
アリス・ターナー
地主《じぬし》であるジョン・ターナーの娘《むすめ》
ジェームズとは幼《おさな》なじみ

クーイー！
チャールズは息子《むすこ》が帰《かえ》ってきていることを知《し》らなかったのに
息子《むすこ》に合図《あいず》を送《おく》っていた
……ラット
チャールズは死《し》の直前《ちょくぜん》に「ラット」とつぶやいたが意味《いみ》はわかってない
遺体《いたい》のすぐそばに灰色《はいいろ》のコートが落《お》ちていたが
気《き》づくとなくなっていたともある
そしてジェームズは自宅《じたく》で逮捕《たいほ》されるとき…
受《う》けるべき裁《さば》きを受《う》ける
と言《い》った

これは自白《じはく》だよ 犯人《はんにん》はジェームズだ
だがその後《ご》ジェームズは無罪《むざい》を主張《しゅちょう》している
いやいや！クロだよ真《ま》っ黒《くろ》だ！
逆《ぎゃく》だよ
この暗雲《あんうん》を照《て》らす一筋《ひとすじ》の希望《きぼう》の光《ひかり》だ
ジェームズが何《なん》の抵抗《ていこう》もせずに逮捕《たいほ》されたのは
無実《むじつ》の自信《じしん》があるからに違《ちが》いない

では彼《かれ》の言《い》った「受《う》けるべき裁《さば》き」というのは？
父親《ちちおや》と口論《こうろん》したことへの懺悔《ざんげ》…じゃないかな？
おいおい… もっとつまらない証拠《しょうこ》で死刑《しけい》になった者《もの》はいっぱいいいるぞ…？
ポーッ…
そうだな しかし無実《むじつ》で死刑《しけい》になった者《もの》もいっぱいいいる 助《たす》けてやらねば
シュー…
シャーロック・ホームズさん！

依頼人《いらいにん》のアリスさんですね？
来《き》てくださって本当《ほんとう》にありがとうございます！
ジェームズは…
スッ
！
単刀直入《たんとうちょくにゅう》にお伺《うかが》いします
ジェームズさんの無罪《むじつ》を信《しん》じていますか？

もちろんです！
私《わたし》たちは幼《おさな》なじみですジェームズが殺人《さつじん》なんてありえません！
ホームズ！
いくら君《きみ》でも今回《こんかい》は無理《むり》だ
レストレード警部《けいぶ》
レストレード警部《けいぶ》
ロンドン警視庁《けいしちょう》の警部《けいぶ》
そうかな
僕《ぼく》はジェームズの疑《うたが》いを晴《は》らす方法《ほうほう》はあると思《おも》う
なに？
聞《き》いたでしょ！
フン！
ワッ！
ホームズさんのおかげで希望《きぼう》がわいてきました！
ええ早速《さっそく》ボスコム池《いけ》の検証《けんしょう》に当《あ》たります

ああ…！ ごめんなさい 父《ちち》の具合《ぐあい》が とても悪《わる》いのです
私《わたし》はこれで 失礼《しつれい》しますわ
…ホームズ！ どういう つもりだ！
あんなに 希望《きぼう》を持《も》たせて 残酷《ざんこく》すぎる！
そうだよ まだ わからないのに…
…ボスコム池《いけ》に 行《い》けばわかるよ

ボスコム池《いけ》
レストレード警部《けいぶ》 頼《たの》んだものは持《も》ってきてもらえたかな？
ああ
チャールズ氏《し》とジェームズの
当日《とうじつ》履《は》いていた靴《くつ》だろ
これはチャールズ氏《し》の足跡《あしあと》だな
こっちはジェームズ

…まったく！
フゥ
警察《けいさつ》の足跡《あしあと》だらけだ！
キィーッ
ダンスパーティーでも開《ひら》いたのか？
ぴたーっ
ぎょっ
ズルズル
ホームズ服《ふく》が汚《よご》れるよー
うるさい！僕《ぼく》の思考《しこう》の邪魔《じゃま》をするな！
あーハイハイ

…息子《むすこ》の足跡《あしあと》がその時《とき》の行動《こうどう》を教《おし》えてくれる
二度《にど》は歩《ある》き…
一度《いちど》は思《おも》いっきり走《はし》っている
つま先部分《さきぶぶん》は深《ふか》くへこんでるがかかとはほとんど見《み》えない
父《ちち》が倒《たお》れているのを見《み》て駆《か》け寄《よ》った話《はなし》を裏付《うらづ》けている
こっちは父親《ちちおや》がうろうろした跡《あと》だ
！

この足跡《あしあと》は…
なんだ？

四角《しかく》いつま先《さき》…
とても珍《めずら》しい靴《くつ》だ
一度途中《いちどとちゅう》まで戻《もど》っている…
コートを取《と》りに戻《もど》ったな
ガサ
ガサ
お…おい…ホームズ！
まったく…犬《いぬ》と変《か》わらんな
うわ〜
ガサッ
！

ワトソン！こっちへ！
何《なん》だホームズ！
ダッ
殺人《さつじん》の凶器《きょうき》を見《み》つけたよ

ホームズから握《にぎ》りこぶしほどの大《おお》きさの石《いし》を渡《わた》され、レストレード警部《けいぶ》は戸惑《とまど》いを隠《かく》しもせずにあらゆる角度《かくど》から観察《かんさつ》した。

「これが凶器《きょうき》だって？　なんでこんな草《くさ》むらにあったんだ？」

「よく見《み》てください。そのシミ…それは血《ち》の跡《あと》に間違《まちが》いありません」

ホームズの指摘《してき》に、レストレードは「うっ」とうめき声《こえ》を上《あ》げた。

「その石《いし》の下《した》には草《くさ》が生《は》えていた。ということは、つい最近《さいきん》、置《お》かれたのだろう」

ワトソンは「よく、こんな草《くさ》むらから見《み》つけられたね」と感心《かんしん》した。

「すべて足跡《あしあと》が教《おし》えてくれたよ」

「足跡《あしあと》だって？」レストレードは声《こえ》を荒《あら》らげた。「地元《じもと》の警察《けいさつ》が捜査《そうさ》したが足跡《あしあと》は二《ふた》つしか見《み》つからなかったぞ」

「ジェームズとチャールズの足跡《あしあと》は、地面《じめん》に対《たい》して深《ふか》く、しっかりと刻《きざ》まれていたけど、この足跡《あしあと》は違《ちが》う。弱々《よわよわ》しい上《うえ》に、普通《ふつう》の靴《くつ》とは形《かたち》が違《ちが》う。警察《けいさつ》が見落《みお》としてもしかたがあるまい」

ワトソンが足跡《あしあと》をのぞき込《こ》むが、どっちが前《まえ》か後《うし》ろかもはっきりしない。

「うぅ…ホームズ。ダメだ、さっぱりわからないよ。どこが特徴的《とくちょうてき》なんだ？」

「つま先側《さきがわ》が四角《しかく》く平《たい》らになっているだろ？　それは狩猟用《しゅりょうよう》のブーツだよ。履《は》いていたのは背《せ》の高《たか》い男《おとこ》。左利《ひだりき》きで右足《みぎあし》を引《ひ》きずっていて、灰色《はいいろ》のコートを着《き》ている。今《いま》わかる犯人像《はんにんぞう》は、こんなところだ」

「左利《ひだりき》きだって？　バカを言《い》うなホームズ！　何《なん》でそんなことがわかるんだ？」

レストレードはホームズの意見《いけん》を全否定《ぜんひてい》するかのようにまくし立《た》てた。

「検死官《けんしかん》の調書《ちょうしょ》には『左頭頂骨《ひだりとうちょうこつ》と後頭骨《こうとうこつ》への強《つよ》い打撃《だげき》が致命傷《ちめいしょう》となった』とある」

ホームズは左手《ひだりて》で自分《じぶん》の左後頭部《ひだりこうとうぶ》をたたいてみせた。

「ここは後《うし》ろから、しかも左利《ひだりき》きでなければ致命傷《ちめいしょう》は負《お》わせられない。右足《みぎあし》の引《ひ》きずりは、足跡《あしあと》を観察《かんさつ》すればわかる。左足《ひだりあし》に比《くら》べ浅《あさ》く、引《ひ》きずったような跡《あと》だ」

「たいした観察力《かんさつりょく》だと言《い》いたいが、それだけじゃ犯人《はんにん》は特定《とくてい》できないぞ！」

「ヒントは伝《つた》えた！　ここから犯人《はんにん》を見《み》つけるのはレストレード警部《けいぶ》、君《きみ》の仕事《しごと》だろ？」

ホームズとレストレードが今《いま》にも喧嘩《けんか》しそうな勢《いきお》いで言《い》い争《あらそ》っているのでワトソンはオロオロとうろたえてしまった。

「そこらじゅうで左利《ひだりき》きの足《あし》の不自由《ふじゆう》な男性《だんせい》の聞《き》き込《こ》みなんてしたらロンドン警視庁《けいしちょう》の笑《わら》い者《もの》だ！」

「この辺《あた》りは人《ひと》も少《すく》ない。片《かた》っ端《ぱし》から一人一人《ひとりひとり》に聞《き》き込《こ》みしてみたらどうだ？」

「ストーップ！　二人《ふたり》とも、それくらいにしておこうよ。この後《あと》ジェームズとの面会《めんかい》もあるんだ！はやく行《い》かないと面会《めんかい》できなくなるよ！」

フンとホームズは収《おさ》まらない怒《いか》りをはき出《だ》し「使用人《しようにん》のクローダーさんに手紙《てがみ》を渡《わた》してくる」と言《い》った。

「僕《ぼく》も行《い》くよ」ワトソンが足早《あしばや》に歩《ある》くホームズの後《あと》を追《お》った。

「ワトソン…君《きみ》はさっき僕《ぼく》のことを犬《いぬ》と言《い》ったな？」

ホームズの表情《ひょうじょう》は見《み》えなかったが不機嫌《ふきげん》なことに間違《まちが》いはない。

「え？　僕《ぼく》じゃない！　絶対違《ぜったいちが》う！　レストレード警部《けいぶ》だよ」

「フン…僕《ぼく》が犬《いぬ》ならレストレードはイタチで十分《じゅうぶん》だ！　胴長短足《どうながたんそく》のイタチ男《おとこ》だ！」

ホームズはメモに何《なに》やら書《か》き込《こ》むと、近《ちか》くにいたクローダーに手渡《てわた》し「ジョン・ターナー氏《し》に渡《わた》してください。絶対《ぜったい》ですよ」と念《ねん》を押《お》した。

それからほどなくして、ホームズとワトソン、レストレードはヘレフォード警察署《けいさつしょ》へと向《む》かった。

レストレードが事前《じぜん》に手配《てはい》していたためジェームズとの面会《めんかい》は滞《とどこお》りなく行《おこな》われた。

ホームズは開口一番《かいこういちばん》「ジェームズ・マッカーシーさん。あなたは本当《ほんとう》は犯人《はんにん》を知《し》っていて、その人間《にんげん》をかばっているのではありませんか？」と問《と》いただした。

ジェームズは「それはありません。本当《ほんとう》に何《なに》も

見《み》ていないのです」と答《こた》えた。

「アリス・ターナーさんは関係《かんけい》していますか？」

「ア…アリス…ですか？」ジェームズは誰《だれ》が見《み》ても明《あき》らかに動揺《どうよう》していた。

「アリスさんは君《きみ》の無実《むじつ》を信《しん》じている。私《わたし》に捜査《そうさ》を依頼《いらい》したのもアリスさんだ」

そうですか…アリスが僕《ぼく》のために…とつぶやきジェームズは涙《なみだ》ぐんだ。

「そして君《きみ》は警察《けいさつ》に逮捕《たいほ》されるとき、『受《う》けるべき裁《さば》きを受《う》ける』と言《い》ったが、その後《ご》、無実《むじつ》を主張《しゅちょう》している。世間《せけん》は単純《たんじゅん》に息子《むすこ》による殺人事件《さつじんじけん》だと思《おも》っているが、話《はなし》を聞《き》けば聞《き》くほど、この事件《じけん》は異常《いじょう》さに満《み》ちている」

レストレードは「状況証拠《じょうきょうしょうこ》はお前《まえ》を犯人《はんにん》だと物語《ものがた》っている」と話《はなし》に割《わ》り込《こ》んだ。

「そういえば、さっき担当官《たんとうかん》から手紙《てがみ》を渡《わた》されたぞ。お前宛《まえあて》だ。殺人《さつじん》の新《あら》たな証拠《しょうこ》じゃなければいいな」と言《い》いながら封《ふう》を開《あ》けた。

手紙《てがみ》に目《め》を通《とお》したレストレードは「なんだこりゃ？」と、すっとんきょうな声《こえ》を出《だ》した。

ワトソンが受《う》け取《と》り目《め》を通《とお》すと「ジェームズさん…君《きみ》…バーの女性《じょせい》と結婚《けっこん》してたの？」と呆《あき》れ声《ごえ》を上《あ》げた。

「どういうことだ？」

ホームズは自分《じぶん》よりも先《さき》にワトソンが手紙《てがみ》を見《み》たことへのいら立《だ》ちを隠《かく》すことなく、どんな殺《さつ》人犯《じんはん》よりも憎《にく》しみに満《み》ちた目《め》を向《む》けながら、手紙《てがみ》を取《と》り上《あ》げた。

「なんだ？　この女《おんな》はバミューダ造船所《ぞうせんじょ》に夫《おっと》がいるそうだ。殺人犯《さつじんはん》として絞首刑《こうしゅけい》になるであろう、君《きみ》とは何《なん》の関係《かんけい》もない…手紙《てがみ》にはそう書《か》いてある」

ジェームズは「本当《ほんとう》ですか？　よかった…」と安堵《あんど》の声《こえ》を上《あ》げた。

「どういうことです？」さすがのホームズでも事態《じたい》の予想《よそう》がつかない。

「実《じつ》は…」ジェームズが肩《かた》の荷《に》が下《お》りたように、ぺらぺらと話《はな》しはじめた。

「2年《ねん》ほど前《まえ》のことです。アリスはまだ寄宿学校《きしゅくがっこう》へ通《かよ》っていたので再会《さいかい》する前《まえ》なのですが…僕《ぼく》は、ブリストルのバーで働《はたら》いてる女性《じょせい》と意気投合《いきとうごう》して、そのまま勢《いきお》いで結婚《けっこん》してしまったのです」

ワトソンは「酔《よ》った勢《いきお》いとはいえ、とんでもないことをしたもんだね」と呆《あき》れた。

「本当《ほんとう》に酔《よ》った勢《いきお》いだったんです。それっきり、その女性《じょせい》とは会《あ》ってもなかったし、僕《ぼく》もすっかり忘《わす》れてたんです。でも、アリスが帰《かえ》って来《き》たら…その…子《こ》どもの頃《ころ》と違《ちが》ってとても美《うつく》しくて…おまけに優《やさ》しくて…僕《ぼく》はアリスに恋《こい》してしまったのです」

ジェームズの告白《こくはく》を聞《き》いてホームズが質問《しつもん》する。

「あなたはアリスさんとの結婚《けっこん》を望《のぞ》んだのですね?」

「その通《とお》りです…父《ちち》もアリスとの結婚《けっこん》を勧《すす》めてきました。そして、僕《ぼく》はバーの女《おんな》と結婚《けっこん》したことを思《おも》い出《だ》したのです。最悪《さいあく》ですよ! アリスと結婚《けっこん》したくても、すでに結婚《けっこん》しているんです。こんなことがバレたらアリスから軽蔑《けいべつ》されるし、父《ちち》には殺《ころ》されてしまいます」

「事件《じけん》の日《ひ》に出《で》かけていたというのは?」というホームズの問《と》いかけに、「ブリストルのバーへ行《い》ってました。婚姻《こんいん》を破棄《はき》してもらうためです。でも、あの女《おんな》は別《わか》れるなら財産《ざいさん》を半分《はんぶん》よこせと言《い》ってきたので、どうしようもなくなってしまいました。もちろん父《ちち》には秘密《ひみつ》にしていました」とジェームズは答《こた》えた。

ワトソンは「つまりこういうことだね。君《きみ》のお父《とう》さん、チャールズさんはアリスさんとの結婚《けっこん》を勧《すす》めた。アリスさんにも結婚《けっこん》の意思《いし》はある。君《きみ》はアリスさんと結婚《けっこん》したいのに、結婚《けっこん》を拒《こば》んでいた。あれ? アリスさんのお父《とう》さんは、君《きみ》たちの結婚《けっこん》には?」と問《と》いかける。

「ジョン・ターナーさんは結婚《けっこん》には反対《はんたい》でした」

「なぜです？」とホームズが問《と》いかける。「確《たし》かターナーさんはチャールズさんに農場《のうじょう》を貸《か》し出《だ》すほど親《した》しかったのでは？」

「はい…父《ちち》はターナーさんとはオーストラリアのビクトリア州《しゅう》にいたころからの知《し》り合《あ》いだと言《い》ってました。農場《のうじょう》もとても有利《ゆうり》な条件《じょうけん》で貸《か》してくださってますし。他《ほか》の面《めん》でも色々《いろいろ》と援助《えんじょ》してくださいました。実《じつ》は、まさかターナーさんから結婚《けっこん》を反対《はんたい》されるとは思《おも》っていませんでした」

レストレードは「事件当日《じけんとうじつ》、お前《まえ》はブリストルから帰《かえ》って来《き》たが、結婚《けっこん》は破棄《はき》できなかった。その腹《はら》いせに狩猟《しゅりょう》に出《で》たら、オヤジがお前《まえ》を呼《よ》ぶ『クーイー』という声《こえ》を聞《き》いた。しかしお前《まえ》はオヤジと喧嘩《けんか》になり、オヤジを殴《なぐ》り殺《ころ》した。やはりお前《まえ》が犯人《はんにん》だろ」とののしった。

「違《ちが》います！　本当《ほんとう》に父《ちち》がボスコム池《いけ》にいることなんて知《し》らな

かったんです。どうして僕《ぼく》を呼《よ》んだのかもわからないし、最後《さいご》にはラットという言葉《ことば》を残《のこ》すし…」

「その『クーイー』というのはあなたたち親子二人《おやこふたり》だけの呼《よ》びかけなんですか？」

ホームズの質問《しつもん》にジェームズは違《ちが》いますと答《こた》えた。

「オーストラリアの独特《どくとく》な呼《よ》び声《ごえ》です。ほら、やまびこの声《こえ》を聞《き》くとき、『ヤッホー』というでしょ？あれがオーストラリアでは『クーイー』と言《い》うんです。ですから狩猟《しゅりょう》のときとか相手《あいて》の姿《すがた》が見《み》えないときに、呼《よ》びかけるときなどにつかうんです」

ワトソンは「へぇ～やまびこか…」と言《い》って大《おお》きく息《いき》を吸《す》い込《こ》んだ。

「『クーイー』って叫《さけ》ぶつもりじゃないだろうな？」と言《い》ってワトソンの鼻《はな》をつまんだ。レストレードがいるためか、いつも以上《いじょう》にきついホームズの仕打《しう》ちをワトソンは堪《た》え忍《しの》んだ。

「それでしたら『クーイー』という呼《よ》びかけはオーストラリアの方《かた》には通《つう》じるわけですね」ホームズの問《と》いに「そう思《おも》います」とジェームズはうなずいた。

「ジェームズさんが『受《う》けるべき裁《さば》きを受《う》ける』と言《い》われたのは、チャールズ氏《し》との喧嘩《けんか》のことですね？」

「そうです。父《ちち》がアリスとの結婚《けっこん》の話《はなし》をけしかけてきたので…ブリストルで結婚《けっこん》を破談《はだん》にできな

かったから、ついカッとなって言《い》い争《あらそ》いをしてしまったんです。そのせいで父《ちち》が亡《な》くなったと思《おも》ったので…裁《さば》きを受《う》けると言《い》いました」

「ホラ見《み》ろ！　お前《まえ》が犯人《はんにん》だ！」レストレードが鼻《はな》で笑《わら》う。

「チャールズさんはオーストラリアのどちらの出身《しゅっしん》かご存《ぞん》じですか？」

「たしか…バララットだったと思《おも》います」と言《い》うとジェームズは「あっ」と叫《さけ》んだ。

「父《ちち》が残《のこ》した『ラット』って…もしかして『バララット』のことかも…」

ホームズはニヤリと微笑《ほほえ》み、席《せき》を立《た》った。

「ジェームズさん、ご安心《あんしん》ください！　あなたの無実《むじつ》を証明《しょうめい》してみせます！」

ホームズはきびすを返《かえ》し、拘置所《こうちしょ》を出《で》て行《い》った。レストレードは安堵《あんど》に頬《ほお》をゆるませたジェームズに「私《わたし》も一《ひと》つだけ確信《かくしん》がある。それは、お前《まえ》が父親《ちちおや》を殺《ころ》したということだ。探偵《たんてい》のたわごとを期待《きたい》するな」と言《い》い捨《す》てた。

ホームズとワトソンが馬車《ばしゃ》でヘレフォードの街《まち》へ戻《もど》り、ホテル『ヘレフォード・アームズ』に着《つ》いた頃《ころ》には、辺《あた》りは深《ふか》い闇《やみ》におおわれていた。

捜査《そうさ》にあけくれた長《なが》い一日《いちにち》がようやく終《お》わりを迎《むか》えようとしている。ホテルの部屋《へや》で二人《ふたり》は遅《おそ》い夕食《ゆうしょく》を取《と》っていた。昼食《ちゅうしょく》も取《と》らずに捜査《そうさ》をしていたため、二人《ふたり》はあっという間《ま》にステーキを平《たい》らげてしまった。

ホテルのボーイを呼《よ》び、食器《しょっき》を下《さ》げてもらうあいだ、ホームズは目《め》を細《ほそ》め額《ひたい》に手《て》を添《そ》えたままじっと考《かんが》え込《こ》んでいた。

「ワトソン…僕《ぼく》は捜査《そうさ》がすべてであり、対人関係《たいじんかんけい》はどうでもいいと思《おも》っている。ただこの事件《じけん》では、そうも言《い》っていられない。僕一人《ぼくひとり》ではどうしていいかわからないんだ」

ワトソンは「君《きみ》にしては珍《めずら》しく弱気《よわき》だな」と言《い》いながらホームズの隣《となり》に座《すわ》った。

「だからワトソン、君《きみ》の意見《いけん》を聞《き》きたい」

「ああ、何《なん》でも言《い》ってくれ」

「まず例《れい》の『クーイー』だ。父親《ちちおや》は息子《むすこ》が数日《すうじつ》でかけていて、いつ帰《かえ》って来《く》るかは知《し》らなかった。ならばそのかけ声《ごえ》は息子《むすこ》以外《いがい》の、オーストラリア出身《しゅっしん》の人物《じんぶつ》へあてたものになる」

「ジェームズがいないスキをねらって、誰《だれ》かと会《あ》おうとしたんだね」

「次《つぎ》に『ラット』というメッセージだ。息子《むすこ》の話《はなし》から『バララット』と言《い》おうとした可能性《かのうせい》が高《たか》い」

「バララットはどんな町《まち》なんだい?」

「オーストラリアのビクトリア州《しゅう》にある金鉱《きんこう》の町《まち》だ。父親《ちちおや》は『バララットの誰々《だれだれ》』と言《い》おうとしたのではないかと考《かんが》えられる」

「オーストラリアのバララット出身《しゅっしん》の人《ひと》なんて限《かぎ》られてくるね」

ホームズは「事件現場《じけんげんば》は父親《ちちおや》とジョン・ターナー氏《し》の農園《のうえん》か、屋敷《やしき》からしか入《はい》れない。土地《とち》勘《かん》のない行《ゆ》きずりの犯人《はんにん》という可能性《かのうせい》はない」と厳《きび》しい声《こえ》を発《はっ》した。

ワトソンはホームズがたどり着《つ》いた犯人像《はんにんぞう》を考《かんが》えると気《き》が重《おも》くなってきた。

「ホームズ、きみはボスコム池《いけ》で犯人《はんにん》は背《せ》の高《たか》い人物《じんぶつ》で、左利《ひだりき》き、右足《みぎあし》を引《ひ》きずっていると言《い》った。これらのことを考《かんが》えると…父親殺《ちちおやごろ》しで縛《しば》り首《くび》にされそうだった無実《むじつ》の青年《せいねん》の命《いのち》を救《すく》ったことになる」

「犯人《はんにん》は…」ワトソンが真剣《しんけん》な目《め》でつぶやくと、ノックとともにドアが開《ひら》き訪問者《ほうもんしゃ》が現《あらわ》れた。

「ジョン・ターナーです」背《せ》の高《たか》いやせこけた老人《ろうじん》が言《い》った。

「私《わたし》のメモが届《とど》いたようですね。ソファにおかけください」

ホームズが丁寧《ていねい》に声《こえ》をかけると、ジョン・ターナーはゆっくりと歩《あゆ》みを進《すす》めた。

「クローダーからもらったメモを見《み》て驚《おどろ》いた。わざわざ人目《ひとめ》を忍《しの》ぶためホテルで会《あ》いたいとはな」

ソファへ向《む》かうジョンの右足《みぎあし》は引《ひ》きずるような歩《ある》き方《かた》だった。いかにも具合《ぐあい》の悪《わる》そうな青白《あおじろ》い顔色《かおいろ》と、覇気《はき》のない全身《ぜんしん》から、ジョンは大病《たいびょう》をわずらっているとワトソンは判断《はんだん》した。それも、いつ命《いのち》を落《お》としてもおかしくない大病《たいびょう》だと。


「それで…なぜ私《わたし》と会《あ》いたいのだ?」ジョンはソファに身《み》を沈《しず》め、声《こえ》を絞《しぼ》り出《だ》した。

ホームズを見《み》つめるジョンの目《め》には、おびえにも似《に》た絶望的《ぜつぼうてき》な色《いろ》が浮《う》かんでいる。

「チャールズ・マッカーシー氏《し》のことはすべてわかっています」

ホームズの言葉《ことば》にジョンは手《て》で顔《かお》をおおった。

「そうか…バレてしまったか…だが信《しん》じてくれ。もしジェームズに不利《ふり》な結果《けっか》がでたら私《わたし》は自首《じしゅ》しようと思《おも》っていた」

「それを伺《うかが》えて何《なに》よりです」ホームズは厳粛《げんしゅく》に答《こた》えた。

「だがアリスが…アリスの心《こころ》を傷《きず》つけたくなくて…殺人者《さつじんしゃ》の娘《むすめ》にさせたくなくて…」

ワトソンは「ターナーさん…あなたは病気《びょうき》ですね。しかも…」と医者《いしゃ》らしく凛《りん》とした声《こえ》をかけると「癌《がん》だ…もう長《なが》くない。医者《いしゃ》からは余命《よめい》1ヶ月《げつ》と言《い》われたよ。ならば最期《さいご》は牢獄《ろうごく》ではなく自分《じぶん》の家《いえ》で死《し》にたい」と、ターナーは弱々《よわよわ》しく答《こた》えた。

ホームズは立《た》ち上《あ》がり、ペンと紙《かみ》の束《たば》を手《て》に取《と》るとテーブルに向《む》かった。

「私《わたし》が供述書《きょうじゅつしょ》を作《つく》ります。あなたがそれにサインをして、ワトソンが証人《しょうにん》となります。これはジェームズに不利《ふり》な結果《けっか》がでるまで使《つか》わないと約束《やくそく》します」

お願《ねが》いします、とジョンは語《かた》りはじめた。

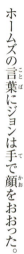

「1860年《ねん》はじめの頃《ころ》です。私《わたし》は〝バララットのブラックジャック〟と呼《よ》ばれる強盗《ごうとう》でした。ある日《ひ》バララットからメルボルンへ金《きん》を運《はこ》ぶ馬車《ばしゃ》を襲《おそ》ったのです。警官隊《けいかんたい》を撃《う》ち殺《ころ》し馬車《ばしゃ》の御者《ぎょしゃ》の頭《あたま》に拳銃《けんじゅう》を突《つ》きつけ金《きん》を奪《うば》いました」

「その御者《ぎょしゃ》がチャールズだったのですね」ホームズが相《あい》づちを打《う》ちジョンがうなずく。

「金《きん》を奪《うば》った私《わたし》はイギリスへ渡《わた》り、ボスコム谷一帯《たにいったい》を購入《こうにゅう》した。やがて結婚《けっこん》しアリスが生《う》まれた。女房《にょうぼう》はアリスが生《う》まれるときに死《し》んでしまったがな…私《わたし》はアリスを育《そだ》てるため心《こころ》を入《い》れ替《か》えたのです」

「ところが運悪《うんわる》くチャールズと再会《さいかい》してしまった…」ワトソンの言葉《ことば》が重《おも》く響《ひび》く。

「チャールズは粗末《そまつ》な身《み》なりで、まだ幼《おさな》いジェームズを育《そだ》てていました。私《わたし》の過去《かこ》を警察《けいさつ》に告発《こくはつ》すると脅迫《きょうはく》してきたのです。アリスと離《はな》れたくない私《わたし》はチャールズの脅迫《きょうはく》に屈《くっ》し、土地《とち》を…家《いえ》を…金《かね》を与《あた》えてきたのです」

「そしてついにはアリスを求《もと》めたのですね」ホームズの言葉《ことば》にジョンは涙《なみだ》した。

「ジェームズは素直《すなお》な好青年《こうせいねん》ですし、私《わたし》だって大好《だいす》きです。しかしチャールズはアリスとジェームズを結婚《けっこん》させ、すべての財産《ざいさん》を独《ひと》り占《じ》めしようとしてたのです。そして私《わたし》とチャールズは、アリスの結婚《けっこん》の件《けん》、でボスコム池《いけ》で会《あ》うことにしたのです」

「そうしたら、なぜかジェームズがチャールズといたわけですね」

「チャールズは娘《むすめ》をもの扱《あつか》いしていた。私《わたし》の何《なに》よりも大切《たいせつ》な娘《むすめ》をだ。私《わたし》は怒《いか》りにかられ足元《あしもと》に落《お》ちていた石《いし》で殴《なぐ》りかかった。悲鳴《ひめい》を聞《き》いてジェームズが戻《もど》ってくる前《まえ》に草《くさ》むらに隠《かく》れようとしたのだが肩《かた》に羽織《はお》っていたコートを落《お》としてしまったのだ」

ホームズは供述書《きょうじゅつしょ》を書《か》き上《あ》げ「あなたを裁《さば》くのは私《わたし》の仕事《しごと》ではありません」と告《つ》げ、ジョンにサインをうながした。ジョンは左手《ひだりて》でペンを受《う》け取《と》り、サインを明記《めいき》した。確《たし》かにジョンは左利《ひだりき》きだ。

「この供述書《きょうじゅつしょ》は誰《だれ》の目《め》にも触《ふ》れないように私《わたし》が保管《ほかん》させていただきます。もしジェームズが有罪《ゆうざい》になるなら…そのときはあなたの生死《せいし》に関《かか》わらず使《つか》わせていただきます。とはいえ…ジェームズは証拠不十分《しょうこふじゅうぶん》で釈放《しゃくほう》となるでしょう」

「おお…本当《ほんとう》ですか?」ジョンはホームズの手《て》を握《にぎ》りしめ「ホームズさん…あなたのおかげで、私《わたし》は穏《おだ》やかな気持《きも》ちで、そのときを迎《むか》えられるでしょう」と涙《なみだ》を流《なが》した。

ジョン・ターナーは右足《みぎあし》を引《ひ》きずりながら、ゆっくりと部屋《へや》を後《あと》にした。

「これでいい…これが一番《いちばん》いい決着《けっちゃく》のつけ方《かた》だよ」ワトソンはホームズにほほ笑《え》みかけた。

「いや、まだだ！」ホームズは再《ふたた》びペンを手《て》にした。

「ジェームズの無実《むじつ》を証明《しょうめい》する異議申立書《いぎもうしたてしょ》を書《か》かなくては！　これを渡《わた》せばレストレードが怒《いか》り狂《くる》うぞ…あぁ楽《たの》しみだ！」

底意地《そこいじ》の悪《わる》い目《め》つきでホームズは嬉々《きき》として異議申立書《いぎもうしたてしょ》を書《か》き始《はじ》めた。

数日後《すうじつご》…異議申立書《いぎもうしたてしょ》が効《こう》を奏《そう》しジェームズは無罪《むざい》となった。ターナー氏《し》はそれからしばらくして亡《な》くなったという。そしてジェームズとアリスは互《たが》いの親《おや》にまつわる恐《おそ》ろしい話《はなし》を知《し》ることもなく、ささやかな結婚式《けっこんしき》を挙《あ》げ、永遠《えいえん》に結《むす》ばれようとしていた。

## もっと知《し》りたい!

# ホームズの世界《せかい》 2

**ホームズ達《たち》が活躍《かつやく》した19世紀《せいき》のロンドンは、どんな場所《ばしょ》だったのかな。物語《ものがたり》を深《ふか》く知《し》るために、ちょっとのぞいてみよう!**

## 英国紳士《えいこくしんし》のファッションが知《し》りたい!

経済《けいざい》が発展《はってん》し、芸術《げいじゅつ》や文化的《ぶんかてき》なものが盛《さか》んになったヴィクトリア朝《ちょう》の時代《じだい》、女性《じょせい》たちの華《はな》やかなドレス、紳士《しんし》たちのクールなスーツなどファッションも優雅《ゆうが》なものが増《ふ》えていきました。ホームズとワトソンもれっきとしたジェントルマンです。イギリス紳士《しんし》の基本《きほん》ファッションを見《み》ていきましょう。

### ◆ ステッキ

歩行《ほこう》を助《たす》けるほか、いざというときには武器《ぶき》としても使《つか》います。握《にぎ》りの部分《ぶぶん》のデザインは、センスの見《み》せ所《どころ》でした。

シルクハット

### ◆ 帽子《ぼうし》

男性《だんせい》は外出時《がいしゅつじ》、必《かなら》ずといっていいほど帽子《ぼうし》をかぶっていました。円筒形《えんとうけい》のシルクハットや丸形《まるがた》のボウラーハットがありました。

ボウラーハット

## ◆ ネクタイ

現在《げんざい》のようなネクタイもありましたが、やわらかい生地《きじ》で作《つく》られたクラバットや、蝶《ちょう》ネクタイなどさまざまな種類《しゅるい》が用《もち》いられました。

クラバット

蝶《ちょう》ネクタイ

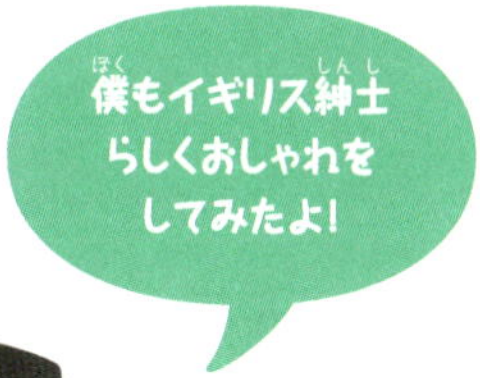


## ◆ コート

コートは今《いま》でいうジャケットの役割《やくわり》を果《は》たします。ひざ丈《たけ》のフロックコートや、裾《すそ》のカットが特徴的《とくちょうてき》なモーニングコートを着《ちゃく》用《よう》していました。

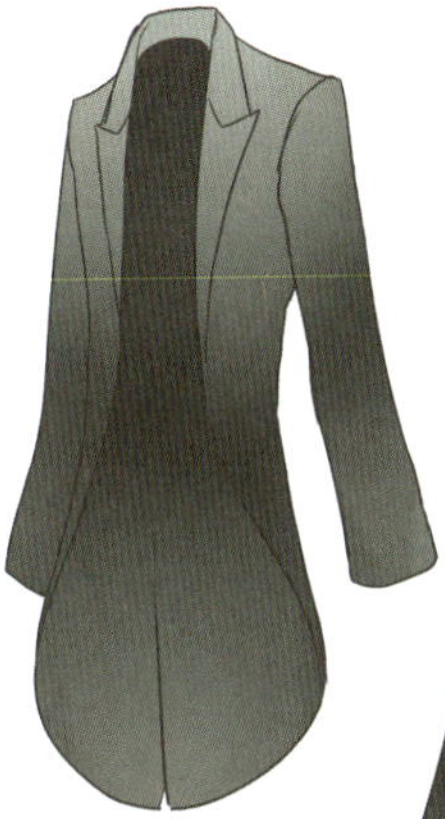

モーニングコート

フロックコート

## 当時《とうじ》の警察《けいさつ》について知《し》りたい！

ホームズの物語《ものがたり》にもよく登場《とうじょう》するのがロンドン警視《けいし》庁《ちょう》。ロンドン警視庁《けいしちょう》はその規模《きぼ》の大《おお》きさから世界的《せかいてき》にも有名《ゆうめい》な組織《そしき》です。当時《とうじ》の警察《けいさつ》の仕事《しごと》は、殺人《さつじん》や強盗《ごうとう》などの事件《じけん》を担当《たんとう》するほか、街《まち》を巡回《じゅんかい》してパトロールしたり、交通整理《こうつうせいり》をしたりとさまざまでした。

ホームズも
ときどき警察《けいさつ》と協力《きょうりょく》して
事件《じけん》を解決《かいけつ》するよ！

### キーワード解説《かいせつ》

物語《ものがたり》に出てくる難《むずか》しい言葉《ことば》や
知《し》っておきたい知識《ちしき》をチェック！

#### 西部《せいぶ》

大都会《だいとかい》ロンドンのあるイギリス南東部《なんとうぶ》に比《くら》べて、西部《せいぶ》イングランドは自然《しぜん》が多《おお》い地域《ちいき》といえます。物語《ものがたり》の舞台《ぶたい》となったヘレフォード州《しゅう》に、ボスコム谷《たに》という場所《ばしょ》は実在《じつざい》していません。

#### うさぎ狩《が》り《うさぎがり》

当時《とうじ》のイギリスには、野生《やせい》のうさぎがたくさんいたため、うさぎ狩《が》りがよく行《おこな》われていました。また、貴族《きぞく》たちは、ビーグル犬《けん》などの猟犬《りょうけん》をつれ、スポーツとしてうさぎ狩《が》りを楽《たの》しんでいました。

#### バララット

オーストラリア南東部《なんとうぶ》ビクトリア州《しゅう》にあるバララットという街《まち》は、1850年代《ねんだい》に金《きん》が発見《はっけん》されると多《おお》くの人《ひと》が一攫千金《いっかくせんきん》を夢見《ゆめみ》て訪《おとず》れました。イギリスからも当時《とうじ》多《おお》くの人《ひと》がオーストラリアに渡《わた》り、そのまま定住《ていじゅう》する人《ひと》もいました。

たくさんの人《ひと》が
押《お》し寄《よ》せて、街《まち》はとても
繁栄《はんえい》したんだ

事件《じけん》ファイル3

# 青い紅玉《ブルーカーバンクル》

マンガ 江端恭子　文 森永ひとみ

ワトソン！
暇《ひま》だ！
シャーロック・ホームズ
世界初《せかいはつ》の私立探偵《しりつたんてい》
221B
何《なに》か事件《じけん》を
起《お》こしてこい！

ムチャ言《い》うなよ ホームズ
ジョン・H・ワトソン
医者《いしゃ》、ホームズの相棒《あいぼう》
そうだ ワトソン！
驚《おどろ》くほど 奇妙《きみょう》な方法《ほうほう》で 死《し》んでこい！ 僕《ぼく》が謎《なぞ》を 解《と》いてみせる!!
今日《きょう》は クリスマス・ イブだよ？
わざわざ事件《じけん》を 起《お》こす人なんて いないよ
…そうだ！
ワトソン！ 君《きみ》にプレゼントを あげよう

クリスマスプレゼントかい？
君《きみ》にしては気《き》が利《き》…
ポンッ
これはまた…
ずいぶんとくたびれた帽子《ぼうし》だね
ハッ
プレゼントにしてはひどくない…
そうか！
平凡《へいぼん》な帽子《ぼうし》に見《み》えるけど実《じつ》は何《なに》か事件《じけん》の証拠品《しょうこひん》だな!?
どんな事件《じけん》なんだ？
フッ

ひょい
犯罪《はんざい》じゃないさ
420万《まん》もの人《ひと》が押《お》し合《あ》ってるロンドンなら面白《おもしろ》い事故《じこ》だって起《お》こるだろう
これは退役軍人《たいえきぐんじん》ピーターソンの置《お》きみやげさ——
——れい〜♪

る〜れいい〜
る〜らあ〜い
おやすみ〜
小《ちい》さなぁ〜
かわいい
坊《ぼう》やぁ〜
っとぉ♪
フラ〜〜
ドンッ
!
あ
ああ
どうも…
ッてェーー!!

何《なに》しやがる！
ドコ見《み》て歩《ある》いてんだよあァ!?
す…
すみません……
ドン！
謝《あやま》って済《す》むと思《おも》ってんのか
パサッ
んなこたいいから
金《かね》をだしな！

ガッ
ひいっ!
命《いのち》だけは!!
シャン!
おい!
何《なに》ごとだ?
ヤベッ
警官《けいかん》だ
逃《に》げろ!
わっ
そこのあなた
大丈夫《だいじょうぶ》ですか?

私《わたし》はただ脅《おど》されて手《て》を…
そうしたらガラスが割《わ》れ…わ…
私《わたし》は何《なに》もしてませーーーん!!
ダッ
待《ま》っ…
ひぃーーおたすけーー
…ふう
軍服姿《ぐんぷくすがた》が警官《けいかん》と見間違《みまちが》えられたか……?
ピーターソン
請負仕事《うけおいしごと》をする退役軍人《たいえきぐんじん》

H・B…
ん？
ガチョウにカードが…
For Mrs.Henry Baker
ヘンリー・ベーカー夫人《ふじん》へ
H・B…ヘンリー・ベーカー…？
——と いうわけなんですけど…
このガチョウと帽子《ぼうし》を返《かえ》す方法《ほうほう》なんてありますか？

無理《むり》だね
ええ!?
ホームズさんでも無理《むり》ですか?
——ガチョウ
落《お》とし主《ぬし》が見《み》つかるまで持《も》つとは思《おも》えない
たしかに
冬とはいえくさるよ
…では どうすれば…
そのガチョウは家族《かぞく》で食《た》べるといい
ガチョウだってこのまま捨《す》てられるよりは喜《よろこ》ぶだろう
…家族《かぞく》も喜《よろこ》びます
帽子《ぼうし》の持《も》ち主《ぬし》は推理《すいり》しておくよ
はやく帰《かえ》りたまえ

221B
――へえ
昨日《きのう》 そんなことが あったのか
でも どうするんだい？
ヘンリー・ベーカーが この街《まち》には何百人《なんびゃくにん》も いるかもしれないよ？
――そう！ そこでだ
この帽子《ぼうし》の持《も》ち主《ぬし》を 君《きみ》が推理《すいり》するのは どうだ？
面白《おもしろ》い！
その挑戦《ちょうせん》 受《う》けた！
丸形《まるがた》の 黒《くろ》い帽子《ぼうし》…
どこにでも ありそうな 普通《ふつう》の形《かたち》だ
赤《あか》い絹《きぬ》の裏地《うらじ》 …かなり 変色《へんしょく》してるな
あちこち 染《し》みがあるし 変色《へんしょく》した所《ところ》は インクで ごまかしてる

ダメだ ホームズ 何《なに》も見《み》あたらないよ
その逆《ぎゃく》だよ
君《きみ》には何《なに》もかも見《み》えている
けれど
そこから推理《すいり》をしないという悪《わる》い癖《くせ》がある
ムッ
なら君《きみ》はどう推理《すいり》したって言《い》うんだ?
3年前《ねんまえ》は裕福《ゆうふく》だった

自尊心《じそんしん》がある紳士《しんし》
白髪《しらが》混《ま》じりで最近《さいきん》散髪《さんぱつ》しに行《い》ったね
奥《おく》さんとの仲《なか》はあまり良《よ》くない
はあ？
そんなことわかるわけない！
僕《ぼく》をからかってるだろ⁉
せっかく推理《すいり》の結果《けっか》を披露《ひろう》したのに
もしかして君《きみ》はどうやって導《みちび》いたか理解《りかい》できてないのか？
！
た…確《たし》かに僕《ぼく》はそこまで頭《あたま》がいいとは思《おも》ってないけど…
君《きみ》の推理《すいり》はまったく理解《りかい》できないよ
——いいかい？

このツバのデザインが流行《はや》ったのは3年前《ねんまえ》
だから帽子《ぼうし》を購入《こうにゅう》したのは3年前《ねんまえ》となる
リボンは絹《きぬ》だし裏地《うらじ》も高級《こうきゅう》値段《ねだん》は高《たか》いに違《ちが》いない
つまりその頃《ころ》は裕福《ゆうふく》だったんだ
その後《ご》買《か》い換《か》えていないから……
今《いま》は厳《きび》しいのかもしれないね
だけど帽子《ぼうし》の汚《よご》れを隠《かく》そうとしてるから自尊心《じそんしん》はある
でも髪《かみ》の毛《け》のことはどうして?
裏地《うらじ》に細《こま》かく刈《か》られたような白髪《しらが》がついてる
これは最近床屋《さいきんとこや》に行《い》ったからだ
うう……

じゃ…じゃあ
奥《おく》さんとの仲《なか》は?
帽子《ぼうし》がほこりだらけだ
奥《おく》さんがいるなら日頃《ひごろ》から綺麗《きれい》にしてくれてるはずだ
フー
独身《どくしん》かもしれないぞ?
ガチョウには「ヘンリー・ベーカー夫人《ふじん》」とカードがついてたろ
それは帽子《ぼうし》を見《み》てもわからないよ!
注意力《ちゅういりょく》と観察力《かんさつりょく》さ
ホームズさん!

ホームズさん大変《たいへん》だ！
ガチョウが……！
ピーターソンさんどうしました？
はぁ
はぁ
ガチョウが生《い》き返《かえ》りでもしたのかい？
ガ…
ガチョウからこんなものが…！

青《あお》い宝石《ほうせき》だ！
これは珍《めずら》しい…
ガチョウをさばいたら中《なか》からこの宝石《ほうせき》が出《で》てきたんです
……
ピーターソンさん……
これはただの宝石《ほうせき》じゃありませんよ
モーカー夫人《ふじん》の青い紅玉《ブルーカーバンクル》です

コスモポリタンホテルの宝石《ほうせき》盗難《とうなん》事件《じけん》で奪《うば》われた宝石《ほうせき》の一《ひと》つです――
暖炉《だんろ》の煙突《えんとつ》が詰《つ》まっているようだ 煙《けむ》くてたまらん
ジェームズ・ライダー
ホテルの従業員《じゅうぎょういん》
様子《ようす》を見《み》てみます
ジョン・ホーナー
配管工《はいかんこう》
ジェームズ・ライダーさん
モーカー伯爵夫人《はくしゃくふじん》がお呼《よ》びです
キャサリン・キューサック
モーカー夫人《ふじん》のメイド
ホーナーさん 点検《てんけん》が終《お》わったら帰《かえ》っていいですよ

——さて
カチャッ
そろそろ暖炉《だんろ》の修理《しゅうり》が終《お》わった頃《ころ》かな
!!

ど…泥棒《どろぼう》だ！
モーカー夫人《ふじん》の宝石《ほうせき》が盗《ぬす》まれた！
ああっ！なんてこと!!
あの配管工《はいかんこう》だ！
ジョン・ホーナーを捕《つか》まえろ！
俺《おれ》はやってない！
俺《おれ》は無実《むじつ》だ！

ホームズはコスモポリタンホテル宝石盗難事件《ほうせきとうなんじけん》の記事《きじ》を読《よ》み終《お》えると新聞《しんぶん》を二《ふた》つにたたみワトソンへ手渡《てわた》した。

記事《きじ》にさっと目《め》を通《とお》したワトソンは「この逮捕《たいほ》されたジョン・ホーナーは無実《むじつ》だと思《おも》うかい?」と問いかけた。

「そんなことはどうでもいい」とホームズは興味《きょうみ》なさげに答《こた》え「僕《ぼく》たちが解《と》かなくてはならない謎《なぞ》は、コスモポリタンホテルで奪《うば》われた宝石《ほうせき》が、どうしてガチョウに飲《の》み込《こ》まれたのかということだ」と言《い》い放《はな》った。

「確《たし》かにこれは考《かんが》えもおよばない謎《なぞ》だね」

ピーターソンは「あの…この青い紅玉《ブルーカーバンクル》に報奨金《ほうしょうきん》はかかっていないのですか?」と目《め》を輝《かがや》かせた。

「新聞《しんぶん》によると一千《いっせん》ポンドだね」ワトソンの言葉《ことば》にピーターソンは目《め》を丸《まる》くした。

「一千《いっせん》ポンド? そんなにもらえるんですか?」

「まぁ、待《ま》ちなよピーターソン。一千《いっせん》ポンドはあくまでも報奨金《ほうしょうきん》だ。モーカー伯爵夫人《はくしゃくふじん》は取《と》り戻《もど》すためなら、もっと金額《きんがく》を乗《の》せてくれると思《おも》うよ」ホームズはいたずらな目《め》つきで微笑《ほほえ》み「ピーターソン、これは僕《ぼく》が預《あず》かっておく。モーカー伯爵夫人《はくしゃくふじん》が金額《きんがく》を上乗《うわの》せするまで厳重《げんじゅう》に保管《ほかん》しておくよ」と意地悪《いじわる》な提案《ていあん》をした。

「お任《まか》せします。こんなすごい宝石《ほうせき》を持《も》っていたら緊張《きんちょう》して夜《よる》も眠《ねむ》れないですよ」

ピーターソンは「報奨金《ほうしょうきん》、期待《きたい》してますよ！」とうれしそうに部屋《へや》を後《あと》にした。

ワトソンは青い紅玉《ブルーカーバンクル》を光《ひかり》にかざしのぞき込《こ》む。そのきわめて透明《とうめい》な青《あお》い石《いし》は強《つよ》い輝《かがや》きを放《はな》ち瞬《またた》いていた。

「見事《みごと》な宝石《ほうせき》だね」

「カーバンクルは本来《ほんらい》ルビーやガーネットと呼《よ》ばれる赤《あか》い宝石《ほうせき》を指《さ》すものだ。けれどもこのカーバンクルは青《あお》い。20年《ねん》ほど前《まえ》に中国《ちゅうごく》で発見《はっけん》された、とても珍《めずら》しいものだ」

「確《たし》か…カーバンクルという名《な》のモンスターもいたよね」

「16世紀《せいき》にスペイン人《じん》が見《み》つけたといわれるモンス

ターのことだな。額《ひたい》に宝石《ほうせき》をつけたサルやリスに似《に》た姿《すがた》をしているモンスターという説《せつ》もあれば、頭《あたま》の中《なか》に宝石《ほうせき》を隠《かく》し持《も》った竜《りゅう》という説《せつ》もある」

「カーバンクルの宝石《ほうせき》を手《て》にすると富《とみ》と名声《めいせい》が得《え》られるんだっけ？」

「物語《ものがたり》とは違《ちが》って、実際《じっさい》は悲惨《ひさん》なものだよ。この青い紅玉《ブルーカーバンクル》をめぐっては、殺人事件《さつじんじけん》が二つ《ふた》、一件《いっけん》の傷害事件《しょうがいじけん》と自殺《じさつ》、盗難事件《とうなんじけん》ときたら数知《かずし》れず…富《とみ》と名声《めいせい》どころか悪魔《あくま》に気《き》に入《い》られてるよ」

「え、ホント？」ワトソンは顔《かお》をひきつらせ、そそくさと宝石《ほうせき》をテーブルへ戻《もど》した。「カーバンクルに触《さわ》っちゃったよ。呪《のろ》われたりしないよね？」

「呪《のろ》いなんて非論理的《ひろんりてき》なことはあるわけないさ。もし、君《きみ》が変死《へんし》したらそのときは呪《のろ》いを信《しん》じるよ」

「冗談《じょうだん》じゃない…さっさとモーカー伯爵夫人《はくしゃくふじん》へ返《かえ》しちゃおうよ」

「そうはいかない。まずは捜査《そうさ》だ！　楽《たの》しくなってきたぞ…宝石《ほうせき》はガチョウから出《で》てきた…そのガチョウはヘンリー・ベーカーという男性《だんせい》が持《も》っていた」

「ヘンリー・ベーカーが犯人《はんにん》なのかな？」

「どうだろうね？」と言《い》いながらホームズはメモにペンを走《はし》らせた。

「ワトソン。この時間《じかん》なら、まだ間《ま》に合《あ》う。夕刊《ゆうかん》に広告《こうこく》を打《う》とう」

ホームズが手渡《てわた》したメモには『ヘンリー・ベーカーさん。ガチョウと黒《くろ》い帽子《ぼうし》を見《み》つけました。今夜《こんや》6時《じ》30分《ぷん》にベイカー街《がい》221Bまで取《と》りに来《き》てください』と書《か》かれていた。

「でも、ヘンリー・ベーカーは気《き》づくかな?」

「さっき帽子《ぼうし》の持《も》ち主《ぬし》を推理《すいり》したときのことを覚《おぼ》えているかい? 今《いま》は裕福《ゆうふく》ではない。それなら帽子《ぼうし》とガチョウを落《お》としたことを後悔《こうかい》して、新聞《しんぶん》に落《お》とし物情報《ものじょうほう》がないか注意《ちゅうい》して見《み》るに違《ちが》いない。名前《なまえ》も入《い》れておけば本人《ほんにん》の目《め》にもとまりやすいだろう」

「どこの新聞《しんぶん》に広告《こうこく》をのせるつもりだい?」

「ロンドン中《じゅう》の新聞《しんぶん》全部《ぜんぶ》だ! 『イブニングニュース』『グローブ』『スター』『スタンダード』『エコー』他《ほか》にもあったら、かまわず掲載《けいさい》させてくれ」

「え? 僕《ぼく》が一人《ひとり》で行《い》くの?」

「当《あ》たり前《まえ》だ。それからモーカー伯爵夫人《はくしゃくふじん》へ手紙《てがみ》

を届《とど》けてくれ。青い紅玉《ブルーカーバンクル》の懸賞金《けんしょうきん》を聞《き》いておこう。そうだ、帰《かえ》りにガチョウを一羽《いちわ》買《か》ってきてくれ。ヘンリー・ベーカーに渡《わた》さないとな。それから…」

ホームズが次《つぎ》のおつかいを言《い》い出《だ》す前《まえ》にとワトソンは急《いそ》いで出《で》かける準備《じゅんび》をした。階段《かいだん》を下《お》り通《とお》りに飛《と》び出《だ》したとき、空《そら》から声《こえ》が響《ひび》いた。

「ついでに大《おお》きめのチキンも頼《たの》む。ハドソン夫人《ふじん》にお願《ねが》いしてローストチキンを作《つく》ってもらおう!」

2階《かい》の窓《まど》を開《あ》けホームズが意地悪《いじわる》そうな笑《え》みを浮《う》かべていた。

ロンドンの冬《ふゆ》は日《ひ》が落《お》ちるのが早《はや》い。6時《じ》をむかえる頃《ころ》には、辺《あた》りは夕闇《ゆうやみ》に包《つつ》まれていた。いつにも増《ま》して寒《さむ》さが厳《きび》しい。街路《がいろ》を照《て》らすガス灯《とう》の明《あ》かりに、ワトソンはかすかなぬくもりを感《かん》じていた。

ロンドンにある全新聞社《ぜんしんぶんしゃ》に広告《こうこく》を出《だ》した。コスモポリタンホテルに泊《と》まっているモーカー伯爵夫人《はくしゃくふじん》へ手紙《てがみ》を届《とど》けるのにも時間《じかん》はかからなかった。

しかし季節《きせつ》はクリスマス。ガチョウとチキンは、どこもすでに売《う》り切《き》れ。ワトソンは寒空《さむぞら》の下《した》、ガチョウをさがして何軒《なんげん》も店舗《てんぽ》を渡《わた》り歩《ある》き、ようやく手《て》に入《い》れたときには約束《やくそく》の時間《じかん》まであとわずかとなっていた。

ベイカー街《がい》221Bへ戻《もど》ると玄関前《げんかんまえ》に一人《ひとり》の男性《だんせい》が立《た》っていた。帽子《ぼうし》はかぶっておらず、その白《しら》髪《が》交《ま》じりの髪《かみ》は整《ととの》っており、最近《さいきん》床屋《とこや》へ行《い》っただろうことがうかがえる。

「ヘンリー・ベーカーさんですね？」

ワトソンは愛想《あいそ》良《よ》く訪問者《ほうもんしゃ》に挨拶《あいさつ》をして玄関《げんかん》を開《あ》けた。

「ホームズ！　ヘンリーさんがお見《み》えだよ！」

ワトソンが階下《かいか》から声《こえ》をかけると「どうぞこちらへ」とホームズが姿《すがた》を見《み》せた。ヘンリーが2階《かい》へ向《む》かう間《あいだ》に、ワトソンはチキンをハドソン夫人《ふじん》に託《たく》した。ワトソンが居間《いま》へ入《はい》ったときには、ヘンリーはすでに暖炉《だんろ》近《ちか》くの椅子《いす》で暖《だん》をとっていた。

ワトソンが戻《もど》ったのでホームズは例《れい》の帽子《ぼうし》をヘンリーへ渡《わた》し「これはあなたの帽子《ぼうし》ですか？」と尋《たず》ねた。

ヘンリーはうれしそうに「そうです！　間違《まちが》いなく私《わたし》の帽子《ぼうし》です！　あぁ…良《よ》かった〜」と人《ひと》なつっこい笑《え》みを浮《う》かべながら答《こた》えた。

「あなたから落《お》とし物《もの》の広告《こうこく》を出《だ》されるかと思《おも》っていたのですが…何《なに》か広告《こうこく》を出《だ》せない事情《じじょう》があったのですか？」

「実《じつ》は…」ヘンリーは面目《めんぼく》なさそうに笑《わら》った。「以前《いぜん》のようにお金《かね》に余裕《よゆう》があるわけではないので…それにあの悪党《あくとう》どもにガチョウも帽子《ぼうし》も盗《ぬす》まれたと思《おも》ったので、無駄《むだ》なお金《かね》をかけることもないと思《おも》ってたんです」

「そうそう…ガチョウでしたね。あのガチョウなんですが…」

人《ひと》を安心《あんしん》させるようなすがすがしい態度《たいど》で接《せっ》するホームズの目《め》が鋭《するど》く輝《かがや》く。

「食《た》べてしまいました」

「食《た》べちゃったんですか？」ヘンリーは大慌《おおあわ》てで椅子《いす》から起《お》き上《あ》がった。あまりの慌《あわ》てように、ガチョウに青い紅玉《ブルーカーバンクル》を隠《かく》した犯人《はんにん》なのではないかとワトソンは不審《ふしん》に感《かん》じた。

ところがヘンリーは「そうですか…食《た》べちゃったんだぁ〜」と力《ちから》なく椅子《いす》に沈《しず》み込《こ》んだ。「女《にょう》房《ぼう》がですね…クリスマスのガチョウをとても楽《たの》しみにしてたんですよぉ〜」と今《いま》にも泣《な》き出《だ》しそうなほどの落《お》ち込《こ》みようは芝居《しばい》には見《み》えない。

ワトソンは「あのままにしていてもガチョウは傷《いた》んでしまいますからね」と声《こえ》をかけ、さっき買《か》ってきたばかりのガチョウを差《さ》し出《だ》した。

「代《か》わりにこのガチョウはいかがですか？　とても新鮮《しんせん》なガチョウです」

「本当《ほんとう》ですか！　このガチョウをいただけるんですか？」

今度《こんど》はツバが飛《と》び散《ち》るほどの勢《いきお》いで大声《おおごえ》を上《あ》げる。泣《な》いたり騒《さわ》いだり、にぎやかな人《ひと》だなとワトソンは苦笑《にがわら》いを浮《う》かべた。

ホームズは「それだけではありません。落《お》とされたガチョウの内臓《ないぞう》もすべて残《のこ》っていますよ。レバーにハツ、砂肝《すなぎも》…それに胃袋《いぶくろ》も」と問《と》いかけた。

「いや～あっはっは！　さすがに内臓《ないぞう》なんていりませんよ。全然価値《ぜんぜんかち》もないものですし、捨《す》ててしまってください」

ヘンリーの様子《ようす》にホームズは軽《かる》く肩《かた》をすくめてワトソンを見《み》た。この様子《ようす》ではヘンリーは事件《じけん》とはまったく関係《かんけい》がないとワトソンは察《さっ》した。

「ところで、落《お》とされたガチョウはどこで手《て》に入《い》れたのですか？」

「あのガチョウですか？　大英博物館《だいえいはくぶつかん》の近《ちか》くにある『アルファ・イン』というパブですよ。私《わたし》は『アルファ・イン』の常連客《じょうれんきゃく》でしてね。店長《てんちょう》のウィンディゲートさんがガチョウクラブを作《つく》ったんですよ」

「ガチョウクラブ？　どんなクラブなんですか？」ワトソンは思《おも》わず声《こえ》を上《あ》げた。

「ええ、ガチョウクラブっていうのは、毎週数《まいしゅうすう》ペンス積《つ》み立《た》てるとクリスマスにガチョウがもらえるというものです。こつこつと積《つ》み立《た》てて、やっとガチョウが手《て》に入《はい》り、いざクリスマスを迎《むか》えようとしたら…暴漢《ぼうかん》に襲《おそ》われて落《お》としたというわけです」

「それは大変《たいへん》でしたね…さぁ、奥様《おくさま》もお待《ま》ちでしょう。このガチョウで奥《おく》さんを喜《よろこ》ばせてあげてください」

「ありがとうございました！　女房《にょうぼう》も喜《よろこ》びます！」

ヘンリーは二人《ふたり》に丁寧《ていねい》に挨拶《あいさつ》をすると、帽子《ぼうし》をかぶりさっそうと部屋《へや》を出《で》て行《い》った。

ホームズは「ヘンリー・ベーカーさんに関《かん》しては、これで終了《しゅうりょう》だ」と玄関《げんかん》ドアを閉《し》め、つまらなそうにこぼした。

「そうだね…彼《かれ》は青い紅玉《ブルーカーバンクル》に関《かん》しては何一《なにひと》つ知《し》らないね」

「次《つぎ》の手《て》がかりは『アルファ・イン』か…」

外《そと》は凍《い》てつく寒《さむ》さだが、二人《ふたり》の探求《たんきゅう》心《しん》を押《お》しとどめることはできなかった。

通《とお》りを行《い》き交《か》う人々《ひとびと》の吐《は》く息《いき》が煙《けむり》のようだ。空《そら》は厚《あつ》い雲《くも》におおわれ今《いま》にも雪《ゆき》が降《ふ》り出《だ》しそうに見《み》える。

大英博物館《だいえいはくぶつかん》はベイカー街《がい》の東南《とうなん》にあり、1.6＊マイルほど離《はな》れている。

『アルファ・イン』は、その大英博物館《だいえいはくぶつかん》のすぐ南《みなみ》を走《はし》るブルームズベリー通《どお》りにある小《ちい》さなパブだ。

ホームズとワトソンは酒場《さかば》の扉《とびら》を押《お》し開《ひら》き、店《てん》内《ない》を見渡《みわた》した。

クリスマスという時期《じき》のせいか、それとも寒《さむ》さのせいか、店内《てんない》に客《きゃく》はほとんどいない。二人《ふたり》はカウンター席《せき》につき白《しろ》いエプロンをした男性《だんせい》に声《こえ》をかけた。

「店長《てんちょう》のウィンディゲートさんはいますか？」

「まずは注文《ちゅうもん》してよ！」白《しろ》いエプロンの男《おとこ》は無愛想《ぶあいそ》に答《こた》えた。

＊1.6マイル＝約《やく》2.5キロメートル

「ソーダ水《すい》を二《ふた》つ」ホームズがオーダーする。

「俺《おれ》がウィンディゲートだよ！」白《しろ》いエプロンの男《おとこ》がソーダ水《すい》をカウンターへ出《だ》し笑顔《えがお》で答《こた》えた。

商売上手《しょうばいじょうず》な男《おとこ》だなとワトソンは感心《かんしん》した。

「ガチョウはまだありますか？」

「ガチョウだって？　なんでウチのガチョウのことを知《し》ってるんだ？」

「つい30分《ぷん》ほど前《まえ》にね、ヘンリー・ベーカーさんと話《はな》してたんですよ。彼《かれ》はこちらのガチョウクラブの会員《かいいん》ですよね？　こちらでガチョウを飼育《しいく》してたんですよね？」

あぁ…ヘンリーね…と店長《てんちょう》はつぶやき「ウチで育《そだ》てたわけじゃないよ。店《みせ》から買《か》ったに決《き》まってるだろ。年《とし》の初《はじ》めにガチョウクラブと称《しょう》して会員《かいいん》を集《あつ》めて、数《かず》を確定《かくてい》しておいたから、仕入額《しいれがく》を安《やす》くしてもらえたってわけだよ」

「そういうわけですか…クリスマスだからガチョウを食《た》べたいので、そのお店《みせ》を教《おし》えてもらえませんか？」

「コヴェントガーデンのブレッキンリッジって店《みせ》だよ。さすがに今日《きょう》はもう売《う》り切《き》れじゃないか？」

オーダーさえすれば人《ひと》のいい店長《てんちょう》はホームズが求《もと》める情報《じょうほう》をすべて教《おし》えてくれた。

「どうもありがとう。メリー・クリスマス！」

ホームズはいかにも人《ひと》の良《よ》さそうな笑みを店長《てんちょう》へと浮《う》かべた。

しかし、店《みせ》の外《そと》に出《で》た瞬間《しゅんかん》、凍《こお》りつきそうなほどの寒《さむ》さにホームズの表情《ひょうじょう》は、不機嫌《ふきげん》なときにワトソンへ向《む》ける、しかめっ面《つら》へと豹変《ひょうへん》した。

「今度《こんど》はコヴェントガーデンか…」

コヴェントガーデンは、今《いま》ホームズたちが立《た》っているブルームズベリーの東南《とうなん》の地区《ちく》。0.6マイルほど離《はな》れた、テムズ川《がわ》にほど近《ちか》いエリアだ。

「また振《ふ》り出《だ》しに戻《もど》ったか…」ワトソンが指先《ゆびさき》に、はぁ〜と息《いき》を吹《ふ》きかけながらつぶやいた。

「いいかいワトソン…僕《ぼく》たちにはガチョウという、とぼけた手《て》がかりしかない。けれど、ガチョウの先《さき》には僕《ぼく》たちが無実《むじつ》を証明《しょうめい》しない限《かぎ》り間違《まちが》いなく有罪判決《ゆうざいはんけつ》をくらう男《おとこ》がいるんだ」

でも…とワトソンは言葉《ことば》を濁《にご》す。「僕《ぼく》らが調《しら》べることでジョン・ホーナーの有罪《ゆうざい》を証明《しょうめい》することになるかもしれないだろ？」

「その可能性《かのうせい》だってある。けれど考《かんが》えてみてくれよ」ホームズは興奮《こうふん》に目《め》をきらめかせワトソンを見《み》つめる。

ベイカー街
Baker Street
大英博物館
Museum
アルファ イン
Alpha Inn
コヴェント ガーデン
Covent Garden
テムズ川
River Thames

「警察《けいさつ》が気《き》づきもしなかった手《て》がかりを僕《ぼく》たちは追《お》っているんだ。クリスマスにこんな奇妙《きみょう》な冒険《ぼうけん》なんて最高《さいこう》じゃないか！　最後《さいご》の最後《さいご》まで、この手《て》がかりを徹底的《てっていてき》に捜査《そうさ》しよう！」

ホームズの好奇心《こうきしん》に輝《かがや》く瞳《ひとみ》を向《む》けられてワトソンが断《ことわ》れるわけがない。

「行《い》こう、ホームズ！　手《て》がかりをとことん追《お》いかけよう！」

二人《ふたり》は裏路地《うらろじ》を足早《あしばや》に進《すす》んだ。途中《とちゅう》、ショートカットとばかりに物騒《ぶっそう》な地区《ちく》も通《とお》り抜《ぬ》け、コヴェントガーデンに向《む》かった。

通《とお》りに並《なら》ぶ商店《しょうてん》のいくつかは、すでにクローズしている。ホームズはブレッキンリッジの看板《かんばん》を探《さが》した。

「あの一番大《いちばんおお》きな店《みせ》じゃない？」ワトソンが指《ゆび》さす。

通《とお》りで最《もっと》も大《おお》きな店《みせ》の前《まえ》では店員《てんいん》が片《かた》づけの準備《じゅんび》をしていた。大柄《おおがら》な男性《だんせい》でズボンの後《うし》ろポケットには競馬新聞《けいばしんぶん》をさしている。どことなく機嫌《きげん》が悪《わる》そうで、話《はな》しかけにくい雰囲気《ふんいき》を漂《ただよ》わせている。

ホームズは肘《ひじ》でワトソンをつつき「ほら、今度《こんど》は君《きみ》の番《ばん》だ」とにやけた。

ワトソンは不安《ふあん》げに「こんばんは…今夜《こんや》は冷《ひ》えますすね」と不機嫌《ふきげん》な店員《てんいん》に声《こえ》をかけた。店《てん》

員《いん》は手《て》を止《と》めワトソンを見《み》た。ぎょろりとした目《め》に、ワトソンはこの男《おとこ》は本当《ほんとう》に店員《てんいん》なんだろうか？　もしかして殺《さつ》人犯《じんはん》じゃないの？　と恐怖《きょうふ》におびえた。

「あの…ガチョウは、まだありますか？」

「見《み》てのとおり売《う》り切《き》れだ」店員《てんいん》は、そこにガチョウが並《なら》んでいたであろうスペースを指《ゆび》さし、「明日《あした》の朝《あさ》なら五百羽《ごひゃっぱ》でも用意《ようい》できるぜ」と冗談《じょうだん》を飛《と》ばした。

こんな怖《こわ》い顔《かお》だと冗談《じょうだん》に聞《き》こえないよ、とワトソンは愛《あい》想《そ》笑《わら》いを作《つく》った。

「いやぁ～明日《あした》じゃなくて今《いま》欲《ほ》しいんですよ」

「ん～ならぁ…あのガス灯《とう》のとこ、あのガス灯《とう》の隣《となり》の店《みせ》ならまだ残《のこ》ってたはずだ」

男《おとこ》は通《とお》りの向《む》こうの小《ちい》さな店《みせ》を指《ゆび》さす。

「でも、お宅《たく》のガチョウを勧《すす》められたからお宅《たく》のが欲《ほ》しかったな～」
「誰《だれ》がウチのガチョウを勧《すす》めたんだ?」店員《てんいん》はギョロ
リとにらんだ。
「『アルファ・イン』の店長《てんちょう》。あのガチョウクラブの」
ワトソンは泣《な》きたい気分《きぶん》だ。
「ああ、ウィンディゲートさんかぁ…あそこには2
ダース出《だ》したしな」
「友人《ゆうじん》も『アルファ・イン』のガチョウは最高《さいこう》だって
言《い》ってたよ。ところで噂《うわさ》のガチョウはどこから仕入《しい》
れたんですか?」
驚《おどろ》いたことに、ワトソンの一言《ひとこと》で店員《てんいん》が怒鳴《どな》りだ
した。
「何《なん》だぁお前《まえ》!? お前何言《まえなにい》ってんだぁ? あぁ?
やんのか、オラァ!」

「ええ〜、ソコって怒《おこ》るところ〜?」

店員《てんいん》は今《いま》にもワトソンを殴《なぐ》り飛《と》ばしそうな勢《いきお》いだ。

「どいつもこいつもガチョウはどこだ? ガチョウを誰《だれ》に売《う》った? いくらでガチョウを売《う》るか?って、グズグズうるせぇんだよ!」

「どいつもこいつも、だって?」ホームズが目《め》を見開《みひら》いた。

「他《ほか》にも誰《だれ》かガチョウを探《さが》してる人《ひと》がいたのか?」

ワトソンと店員《てんいん》の間《あいだ》に入《はい》りホームズは問《と》いかけると「うるせえ! ガチョウなんて、どれも同《おな》じだろ? なんでいちいちウチのガチョウにいちゃもんつけるんだ?」とさらに激高《げきこう》した。

もう手《て》がつけられない…軍用銃《ぐんようじゅう》を持《も》ってくるんだったとワトソンは後悔《こうかい》した。

「賭《か》けをしよう!」

ホームズは5ポンド札《さつ》を指《ゆび》で挟《はさ》み、店員《てんいん》の目《め》の前《まえ》にかざした。

「あぁん?」突然《とつぜん》の申《もう》し出《で》に店員《てんいん》が興味《きょうみ》を示《しめ》した。

「どこかの誰《だれ》かが君《きみ》のガチョウを詮索《せんさく》してるようだが、それは僕《ぼく》たちとは何《なん》の関係《かんけい》もない!」

「そんなことはどうでもいい! それより何《なん》の賭《か》けだ?」

「君《きみ》が仕入《しい》れたガチョウ…それは田舎育《いなかそだ》ちのガチョウだろ？　田舎育《いなかそだ》ちに僕《ぼく》は5ポンド賭《か》ける！」

ククク…と店員《てんいん》は笑《わら》いをかみ殺《ころ》しながら言《い》った。

「残念《ざんねん》だったな…あれは町育《まちそだ》ちのガチョウだ！」

「そんなことはない！　田舎育《いなかそだ》ちだ！」

「うるせえ！　俺《おれ》が町育《まちそだ》ちと言《い》ったら町育《まちそだ》ちだ！」

「クリスマスの時期《じき》だ…いくつかの仕入《しい》れ先《さき》を使《つか》ってるだろ？　僕《ぼく》が言《い》っているのは、あの『アルファ・イン』におろしたガチョウのことだ」

「いいか！　『アルファ・イン』におろしたガチョウは、全部同《ぜんぶおな》じところから仕入《しい》れたガチョウだ。間違《まちが》いない！」

「僕《ぼく》は信《しん》じない！　さらに僕《ぼく》は1ソブリン*を賭《か》ける。帳簿《ちょうぼ》があるだろ？　帳簿《ちょうぼ》を開《ひら》いて答《こた》え合《あ》わせをしようじゃないか！」

ホームズは自信《じしん》に満《み》ちあふれた声《こえ》で店員《てんいん》を挑発《ちょうはつ》した。

店員《てんいん》はニヤリと笑《わら》い「帳簿《ちょうぼ》を取《と》ってくる」と言《い》い店内《てんない》へ入《はい》っていった。

「どういうつもりだい、ホームズ？」ワトソンが小声《こごえ》で問《と》いかけた。

＊ 1ソブリン＝1ポンド（約《やく》2万《まん》4000円《えん》）

「まぁ黙《だま》って見《み》ていな…もうすぐガチョウの仕入《しい》れ先《さき》がわかるぞ」

ワトソンは、なぜ賭《か》けなんかはじめたのか想像《そうぞう》もつかないでいると、店員《てんいん》が2冊《さつ》の帳簿《ちょうぼ》をもって戻《もど》ってきた。

「さあ、賭《か》け好《ず》きの兄《にい》ちゃん！　心《こころ》の準備《じゅんび》はいいか？」

店員《てんいん》は帳簿《ちょうぼ》を1冊《さつ》開《ひら》き、ある行《ぎょう》を指《ゆび》さした。

「売《う》り上《あ》げの列《れつ》を見《み》てみろ！　ここだ！」

ホームズが示《しめ》された列《れつ》を淡々《たんたん》と読《よ》み上《あ》げる。

「売《う》り上《あ》げ、12月《がつ》22日《にち》、ガチョウ24羽《わ》、アルファ・イン、12シリング」

「確《たし》かに『アルファ・イン』だな？」

間違《まちが》いない、とホームズは確認《かくにん》した。

「それじゃ、この隣《となり》のページ、同《おな》じ列《れつ》…ほら、ここ！」

「仕入《しい》れ、12月《がつ》22日《にち》、ガチョウ24羽《わ》、オークショット夫《ふ》人《じん》、7ペンス6シリング」

ワトソンは「『アルファ・イン』のガチョウは、オークショット夫人《ふじん》から仕入《しい》れたということか…」とつぶやいた。

その通《とお》り、と店員《てんいん》は応《こた》え、うれしくてたまらない様子《ようす》で笑《わら》った。

「そこで、もう1冊《さつ》の、この帳簿《ちょうぼ》だ」

店員《てんいん》は鼻息《はないき》も荒《あら》く帳簿《ちょうぼ》を示《しめ》した。

「こっちの帳簿《ちょうぼ》は住所録《じゅうしょろく》になっている。この帳簿《ちょうぼ》の『オ』の所《ところ》を開《あ》けるぞ…このページだ…この上《うえ》から3番目《ばんめ》だ。読《よ》んでみろ！」

「オークショット夫人《ふじん》…ブリクストンロード、117番地《ばんち》」

「そうだ、ブリクストンロードだ。ブリクストンロードはどこにあるか知《し》ってるよな、兄《にい》ちゃん！」

ブリクストンロードは、ホームズたちが今《いま》いるコヴェントガーデンからテムズ川《がわ》を渡《わた》り南《みなみ》に*3.6マイルほど行《い》ったところだ。ここからだと約《やく》1時間《じかん》15分《ふん》かかる。

「負《ま》けたよ」とホームズは悔《くや》しそうな顔《かお》をして、ソブリン金貨《きんか》と5ポンド紙幣《しへい》を店員《てんいん》に渡《わた》し、

＊3.6マイル＝約《やく》5.8キロメートル

店《みせ》から歩《ある》き出《だ》した。

街灯《がいとう》に照《て》らされたホームズの顔《かお》は意地悪《いじわる》そうに笑《え》みを浮《う》かべていた。

「すごいな、ホームズ！　まんまとガチョウの仕入《しい》れ先《さき》を手《て》に入《い》れたね！　でもよく聞《き》き出《だ》せたよね、あんなに怒《いか》り狂《くる》ってたのに…」

「あの店員《てんいん》…ポケットに競馬新聞《けいばしんぶん》をさしていたことに気《き》づいたか？」

え、そうだったの？　とワトソンは店舗《てんぽ》をふり返《かえ》った。店《みせ》を片付《かたづ》ける店員《てんいん》のズボンには、確《たし》かに新聞《しんぶん》がささっていた。

「ああいう頑固《がんこ》なヤツはさ、ワイロを渡《わた》したって口《くち》を割《わ》ることはない。でも、競馬新聞《けいばしんぶん》を読《よ》んでるくらいなら賭《か》けは好《す》きに違《ちが》いない。だからワザと高額《こうがく》な賭《か》けをしかけたんだ」

それよりも大変《たいへん》な情報《じょうほう》をつかんだな、とホームズの表情《ひょうじょう》から笑《え》みが消《き》えた。

「僕《ぼく》たち以外《いがい》にもガチョウを追《お》いかけている人物《じんぶつ》がいる…」

「それがどういう意味《いみ》かはわかるよな、ワトソン？」

「バカにするなよ」とワトソンがむくれたとき、先《さき》ほどの店員《てんいん》の怒鳴《どな》り声《こえ》が響《ひび》いた。

「また、お前《まえ》か！　てめえのガチョウなんか知《し》ったことか！」

二人《ふたり》がふり返《かえ》ると、ホテルの案内係《あんないがかり》のような制服《せいふく》にコートを着《き》た男性《だんせい》が、例《れい》の店員《てんいん》に怒鳴《どな》りつけられていた。

ホテルの案内係《あんないがかり》のような男性《だんせい》は気《き》が弱《よわ》そうな印象《いんしょう》で、完全《かんぜん》に怯《おび》えきっている。

あの店員《てんいん》に怒鳴《どな》られたら誰《だれ》だって怖《こわ》いよな…とワトソンは男性《だんせい》を案《あん》じた。

「俺《おれ》はオークショットさんからガチョウを買《か》ったって言《い》ったんだ！　てめえは関係《かんけい》ないだろ！　グズグズ言《い》ってると、ぶっ殺《ころ》すぞ！」

「あ…あの…で、で、で、でも…お宅《たく》が買《か》われたガチョウのうちの一羽《いちわ》は私《わたし》のものなんですぅ…」

男性《だんせい》は泣《な》き出《だ》しそうな具合《ぐあい》だ。

「知《し》るか！　ならオークショットさんに聞《き》け！」

「ですから、彼女《かのじょ》はあなたに聞《き》いてくれって…」

「ならエリザベス女王《じょおう》にでも聞《き》いてみろ。俺《おれ》は知《し》らん！　知《し》らんと言《い》ったら知《し》らん！」

店員《てんいん》は店《みせ》の片付《かたづ》けの続《つづ》きをはじめたが、男性《だんせい》はしつこく食《く》い下《さ》がった。

「あの…お願《ねが》いですから…」

「うるせえ！　ぶっ殺《ころ》してやる！」

普通《ふつう》にしていても怖《こわ》い表情《ひょうじょう》の店員《てんいん》が目《め》をひんむいて男性《だんせい》に飛《と》びかかった。

男性《だんせい》は悲鳴《ひめい》を上《あ》げながら全力《ぜんりょく》で逃《に》げ、ホームズたちを追《お》い抜《ぬ》いた。ワトソンはその男性《だんせい》の背《せ》に
「お気《き》の毒《どく》に…」と言《い》った。

するとホームズが全力《ぜんりょく》でかけだした。

「どうしたの、ホームズ？」ワトソンも慌《あわ》てて追《お》いかける。

「僕《ぼく》たちはついてる！　ブリクストンロードに行《い》く手間《てま》が省《はぶ》けたかもしれないぞ」

通《とお》りにまばらにいる人々《ひとびと》をよけながらホームズは男性《だんせい》を追《お》った。

男性《だんせい》は、すぐに走《はし》ることをやめ、弱々《よわよわ》しく肩《かた》を落《お》としてノロノロと歩《ある》いた。

ホームズは、そっと近《ちか》づき男《おとこ》の肩《かた》を叩《たた》いた。

「ひゃあっ！」男《おとこ》は、ひっくりかえりそうな勢《いきお》いで驚《おどろ》いた。

「あ、あ、あ、あなたは誰《だれ》ですか？　な、何《なん》か用《よう》ですか？」

必要以上《ひつよういじょう》に怯《おび》えている男《おとこ》を見《み》て、さすがのワトソンでも呆《あき》れてしまった。

「失礼《しつれい》ですが、さっきあなたが店員《てんいん》に尋《たず》ねていた話《はなし》が聞《き》こえてしまいましてね…あなたのお役《やく》に立《た》てるかもしれませんよ」ホームズの言葉《ことば》に、男《おとこ》はガタガタと震《ふる》えはじめ、爪《つめ》と爪《つめ》をこすり合《あ》わせ、ガリガリと削《けず》った。

「な、な、何《なん》のことだか…わ、わかりま、せ、せ、せんね…」

「あなたは、あるガチョウを探《さが》していますね…それはブリクストンロードの『オークショット夫人《ふじん》』から『ブレッキンリッジ』というお店《みせ》へ売《う》られ、そこから大英博物館《だいえいはくぶつかん》の近《ちか》くにある『アルファ・イン』というパブに卸《おろ》され、さらにそこからヘンリー・ベーカーという人《ひと》に販売《はんばい》されたガチョウです」

男《おとこ》は顔《かお》を引《ひ》きつらせ「そうです！　きっと、そのガチョウは私《わたし》が探《さが》しているガチョウに違《ちが》いありません」と言《い》いながら、その場《ば》にへたり込《こ》んでしまった。

「ちょっと…大丈夫《だいじょうぶ》ですか？」ワトソンは医者《いしゃ》としての条件反射《じょうけんはんしゃ》で男《おとこ》の顔《かお》をのぞき込《こ》む。男《おとこ》の青《あお》白《じろ》い顔《かお》は寒《さむ》さではなく、ひどい緊張《きんちょう》が原因《げんいん》のように感《かん》じた。

「こんな寒《さむ》い所《ところ》で話《はな》すこともありません。私《わたし》の部屋《へや》へ行《い》きましょう」

ホームズは通《とお》りを行《い》く馬車《ばしゃ》を呼《よ》び止《と》めた。

馬車《ばしゃ》の中《なか》で男《おとこ》は、ホームズとワトソンと視線《しせん》を合《あ》わせないように背《せ》を丸《まる》め、爪《つめ》をガリガリとこすり合《あ》わせていた。そして激《はげ》しい息《いき》づかいが彼《かれ》の緊張《きんちょう》を物語《ものがた》っていた。

ベイカー街《がい》２２１Ｂの居間《いま》は、ハドソン夫人《ふじん》の取《と》り計《はか》らいで、いつホームズたちが戻《もど》ってきてもいいように暖炉《だんろ》であたためられていた。

「あぁ～生《い》き返《かえ》るね～」ワトソンは極上《ごくじょう》の笑《え》みを浮《う》かべ、火《ひ》に手《て》をかざした。

ホームズは「どうぞおかけください」と暖炉《だんろ》の近《ちか》くの椅子《いす》を男《おとこ》に勧《すす》めた。

男《おとこ》は居心地《いごこち》が悪《わる》そうに、ちょこんと椅子《いす》に腰《こし》かけた。

「その制服《せいふく》はコスモポリタンホテルのものですよね…ジェームズ・ライダーさん」

ホームズの呼《よ》びかけに男《おとこ》は誰《だれ》が見《み》てもわかるほど動揺《どうよう》をあらわにした。

「ジェームズ・ライダーさんって…あのモーカー伯爵夫人宝石盗難事件《はくしゃくふじんほうせきとうなんじけん》の第一発見者《だいいちはっけんしゃ》の?」ワトソンが驚《おどろ》きの声《こえ》を上《あ》げた。

ライダーはガタガタと震《ふる》えながら「はい」と小《ちい》さく答《こた》えた。

ホームズは素知《そし》らぬ顔《かお》で「ライダーさん、あなたはガチョウを探《さが》しているのですね…そのガチョウ、とても変《か》わったガチョウですよね?」

「そ…そんなこと…ありません。普通《ふつう》の、ガ、ガチョウです…」

「そうですか? あのガチョウ…卵《たまご》を産《う》みましたよ」

「卵《たまご》…ですか?」

ホームズは目《め》を細《ほそ》めてライダーを見《み》つめ「見《み》たこともないほどに美《うつく》しく輝《かがや》く青《あお》い卵《たまご》を…」と言《い》った。

その瞬間《しゅんかん》、ライダーは緊張《きんちょう》の糸《いと》がぷつりと切《き》れたように、椅子《いす》に身《み》を沈《しず》めた。

「ゲームは終了《しゅうりょう》です、ライダーさん…私《わたし》はほとんどの手《て》がかりを手《て》に入《い》れてます」

ホームズの呼《よ》びかけにも応《おう》じずライダーは、無言《むごん》のままだ。

「おい…何《なん》とか言《い》ったらどうだ、ライダー？」

「ホームズ…」ワトソンが呼《よ》びかけると「うるさい！」と一蹴《いっしゅう》した。

「違《ちが》うよ…彼《かれ》…気絶《きぜつ》してるよ」

何《なん》だと…とホームズは呆《あき》れ果《は》てた。「まったく一大盗難事件《いちだいとうなんじけん》を起《お》こしておきながら、なんて気《き》の小《ち》さい男《おとこ》なんだ…」

ワトソンの処置《しょち》でライダーは意識《いしき》を取《と》り戻《もど》した。

また気絶《きぜつ》されても困《こま》るので、ホームズはなるべく穏《おだ》やかな口調《くちょう》を心《こころ》がけてライダーに問《と》いかけた。

「お前《まえ》は青い紅玉《ブルーカーバンクル》について前《まえ》から知《し》っていたな？」

「モーカー伯爵夫人《はくしゃくふじん》のメイドから聞《き》いたんです」

「それで莫大《ばくだい》な富《とみ》を手《て》に入《い》れるという誘惑《ゆうわく》にかられたわけか…」

「申《もう》し訳《わけ》ありません…」ライダーは力《ちから》なく謝罪《しゃざい》した。

「私《わたし》に謝《あやま》っても意味《いみ》がない。お前《まえ》は配管工《はいかんこう》のジョン・ホーナーに罪《つみ》をなすりつけたんだぞ！　運《うん》が悪《わる》ければホーナーは懲役《ちょうえき》7年《ねん》の刑《けい》をくらうんだぞ！」

「本当《ほんとう》にすみません…私《わたし》はモーカー伯爵夫人《はくしゃくふじん》の暖炉《だんろ》に細工《さいく》をしてホーナーが呼《よ》ばれるようにしました。ホーナーが仕事《しごと》を終《お》え、部屋《へや》を出《で》たとき、私《わたし》はすぐさま部屋《へや》を漁《あさ》り青い紅玉《ブルーカーバンクル》を盗《ぬす》んだのです」

「それでホーナーに罪《つみ》をなすりつけたんだね…でも、何《なん》で宝石《ほうせき》がガチョウの中《なか》に？」

ワトソンが一番《いちばん》の謎《なぞ》を問《と》いかける。

「ホーナーは逮捕《たいほ》されたけど、もしかして警察《けいさつ》は従業員《じゅうぎょういん》のことも捜査《そうさ》するかもしれないと思《おも》って不安《ふあん》になりました。すぐに宝石《ほうせき》をどこかに隠《かく》さないと捕《つか》まるかもしれない、でもどこに隠《かく》せばいい？　そこで私《わたし》は姉《あね》の家《いえ》を思《おも》いつきました」

「お姉《ねえ》さん…もしかしてお姉《ねえ》さんというのは、ブリクストンロードのオークショット夫人《ふじん》か？」ホームズの問《と》いかけにライダーは「はい」と素直《すなお》に答《こた》えた。

「姉《あね》の家《いえ》なら捜査《そうさ》は及《およ》ぶまいと思《おも》いポケットに宝石《ほうせき》を忍《しの》ばせて姉《あね》の家《いえ》に行《い》きました。その時《とき》気《き》づきました。私《わたし》に犯罪《はんざい》は向《む》いていない…通《とお》りを行《い》く人々《ひとびと》が全員警察《ぜんいんけいさつ》に思《おも》えたんです…いつ捕《つか》まるか怖《こわ》くて怖《こわ》くて…」

「君《きみ》は本当《ほんとう》に気《き》が弱《よわ》いね…」ワトソンが慰《なぐさ》めの言葉《ことば》をかけた。

「ようやく姉《あね》の家《いえ》に着《つ》きましたが、本当《ほんとう》に生《い》きた心地《ここち》がしませんでした。それに宝石《ほうせき》をどうしよう？ そのとき思《おも》い出《だ》したのが友達《ともだち》のモーズリーです。モーズリーは…その…色々《いろいろ》と悪《わる》い知恵《ちえ》を持《も》っていて…宝石《ほうせき》を換《かん》金《きん》する方法《ほうほう》を知《し》ってると思《おも》ったんです」

「なら、最初《さいしょ》からモーズリーの所《ところ》へ行《い》けば良《よ》かったじゃないか？」

「そのときは気《き》づかなかったんです。それで、また宝石《ほうせき》を持《も》って街《まち》に出《で》るなんて気《き》が気《き》じゃないし…私《わたし》は途方《とほう》にくれて姉《あね》のガチョウ小屋《ごや》で考《かんが》えていたんです」

くそ…！
この青い紅玉《ブルーカーバンクル》を持《も》ったままだと神経《しんけい》がすり減《へ》ってしまう…
ガァ
ガァ
そうだ！
姉《ねえ》さんはこの間《あいだ》クリスマスプレゼントにガチョウを一羽《いちわ》くれるって言《い》ってたっけ？
このガチョウに飲《の》み込《こ》ませて運《はこ》べば警察《けいさつ》も気《き》づくものか！
でもみんな同《おな》じに見《み》えるなぁ
さて どれにするか…
ん？
……

あのガチョウだけ尻尾《しっぽ》が黒《くろ》い！
あれなら区別《くべつ》がつくぞ！
よし！お前《まえ》に決《き》めた！
痛《いた》たたたっ！ほら！早《はや》く飲《の》み込《こ》め！
ガァッ
バタ
バタ
ガチョウに何《なに》してるの？ジェームズ
パッ
あ…ああま…前《まえ》にガチョウくれるって言《い》ったろ？
だ…だからどれがいいかなぁなんて…ハハハ
どれアタシが選《えら》んであげるわ
いっいいんだ姉《ねえ》さん！
アンタじゃ脂《あぶら》ののったの選《えら》びきれないでしょ？
あいつっ！

あの尻尾《しっぽ》が黒《くろ》いやつがいいなぁ〜〜〜！
…わかったわ じゃあ今《いま》用意《ようい》するわね
ホッ
——よし!! 俺《おれ》って天才《てんさい》！
やったぞモーズリー！
あの青い紅玉《ブルーカーバンクル》を手《て》に入《い》れたぞ！
やったなジェームズ！
待《ま》ってろ 今《いま》こいつの腹《はら》の中《なか》から…
ない！
ない！
どこにもない!!

どういうことだ？
姉《ねえ》さん！
黒《くろ》い尻尾《しっぽ》のガチョウ！
他《ほか》にもう一羽《いちわ》いた!?
ええええ〜〜〜っ!?
いたわよ？
ちょうど今《いま》問屋《とんや》さんへ売《う》りに出《だ》したところよ
え…
…と言《い》うわけなんです…

お願《ねが》いします
どうか…
どうか
警察《けいさつ》にだけは……
助《たす》けてください！

もう二度《にど》と犯罪《はんざい》なんてしません！
お…お願《ねが》いします
助《たす》けてください！
許《ゆる》してください……
出《で》ていけ

い…今《いま》…なんて…?
二度《にど》も言《い》わせるな!
僕《ぼく》の気《き》が変《か》わらないうちに早《はや》く出《で》ていけ!
あ…ありがとうございます
ペコ
ペコ
ありがとうございます!!
パタン
……
ホームズ
どうして犯人《はんにん》を逃《にが》がしたんだい?

僕《ぼく》は警察《けいさつ》のボランティアじゃない
おそらく証拠不十分《しょうこふじゅうぶん》でホーナーが罪《つみ》に問《と》われることもないだろうし
ジェームズも懲《こ》りただろう
それに…
それに今日《きょう》はクリスマスだ

…そうだね
奇妙《きみょう》な事件《じけん》ってクリスマスプレゼントももらえたしね
――さあ
ハドソン夫人《ふじん》に頼《たの》んで新《あら》たな調査《ちょうさ》にとりかかろう
待《ま》ってました！
ハドソン夫人《ふじん》お手製《てせい》ローストチキンの味《あじ》の秘密《ひみつ》を解《と》き明《あ》かすぞ
…あ
ほら外《そと》…！
どうも寒《さむ》いと思《おも》ったら雪《ゆき》か……

ホワイトクリスマスだね
ホームズ

## もっと知《し》りたい！

# ホームズの世界《せかい》 3

ホームズ達《たち》が活躍《かつやく》した19世紀《せいき》のロンドンは、どんな場所《ばしょ》だったのかな。
物語《ものがたり》を深《ふか》く知《し》るために、ちょっとのぞいてみよう!

## ホームズ達《たち》はどんなものを食《た》べていたの?

ホームズとワトソンは事件《じけん》を解決《かいけつ》する合間《あいま》に、さまざまなものを食《た》べています。料理《りょうり》を作《つく》ってくれるのは、主《おも》に大家《おおや》のハドソン夫人《ふじん》。ハドソン夫人《ふじん》は料理《りょうり》が上手《じょうず》で、味《あじ》にうるさいホームズもその腕前《うでまえ》を認《みと》めていました。当時《とうじ》のイギリスではどんなものが食《た》べられていたのか、代表的《だいひょうてき》なメニューを見《み》てみましょう。

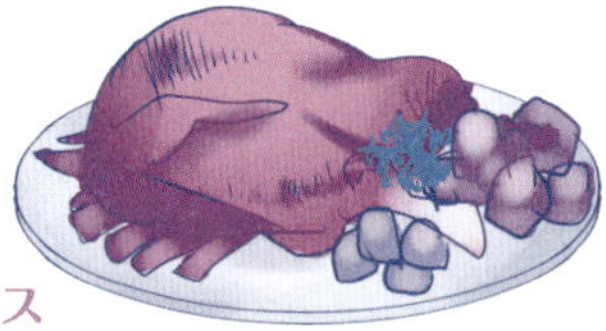

### ◆ ローストグース

「事件《じけん》ファイル3」でも登場《とうじょう》したガチョウはクリスマスに欠《か》かせません。丸焼《まるや》きにして豪華《ごうか》に盛《も》りつけます。

### ◆ ローストビーフ

日本《にはん》でもよく知《し》られているイギリス料理《りょうり》。イギリスでは、日曜日《にちようび》の昼食《ちゅうしょく》にローストビーフを食《た》べる習慣《しゅうかん》があります。

## ◆ ハギス

羊《ひつじ》の胃袋《いぶくろ》に肉《にく》や麦《むぎ》、玉《たま》ねぎなどを入《い》れてゆでた、ソーセージのような料理《りょうり》。パブの定番《ていばん》メニューです。

## ◆ ニシンの薫製《くんせい》

意外《いがい》な組《く》み合《あ》わせに思《おも》われるかもしれませんが、パンとコーヒーと一緒《いっしょ》に朝食《ちょうしょく》としてよく食《た》べられていました。

## ◆ イングリッシュ・ブレックファスト

伝統的《でんとうてき》な朝食《ちょうしょく》。卵料理《たまごりょうり》、ベーコン、ベイクドビーンズ、マッシュルームなどにパンとコーヒーを添《そ》えます。

## ◆ アフタヌーンティー

イギリスには午後《ごご》3時頃《じごろ》にお茶《ちゃ》と軽食《けいしょく》を楽《たの》しむ文化《ぶんか》があります。主《おも》なメニューは紅茶《こうちゃ》にスコーン、フルーツなど。

# ロンドンの人《ひと》にとってパブってどんな場所《ばしょ》？

イギリスには、お酒《さけ》が飲《の》める「パブ」と呼《よ》ばれる店《みせ》があちこちにあります。どんなに田舎《いなか》でも必《かなら》ずあり、お気《き》に入《い》りの店《みせ》を見《み》つけて常連《じょうれん》になっていました。人々《ひとびと》にとってパブは、単《たん》にお酒《さけ》を飲《の》むための場所《ばしょ》ではなく、仲間《なかま》とコミュニケーションをとるための社交《しゃこう》の場《ば》でした。

## キーワード解説《かいせつ》

物語《ものがたり》に出てくる難《むずか》しい言葉《ことば》や
知《し》っておきたい知識《ちしき》をチェック!

### 青い紅玉 《ブルーカーバンクル》

カーバンクルとは、ガーネットとも呼《よ》ばれる宝石《ほうせき》のこと。通常《つうじょう》は赤《あか》い色《しょく》をしているため、青《あお》いものはとても貴重《きちょう》です。

### 退役軍人 《たいえきぐんじん》

元軍人《もとぐんじん》で、現役《げんえき》ではない人《ひと》のことを「退《たい》役軍人《えきぐんじん》」といいます。軍人《ぐんじん》を引退《いんたい》したあとも制服《せいふく》を着用《ちゃくよう》することが認《みと》められており、人々《ひとびと》から尊敬《そんけい》されていました。警備員《けいびいん》や配《はい》達員《たついん》などさまざまな仕事《しごと》をしていました。

### メイド

ヴィクトリア朝《ちょう》の時代《じだい》、中流階級以上《ちゅうりゅうかいきゅういじょう》の家《か》庭《てい》では、女性《じょせい》はほとんど家事《かじ》をせず、使用《しよう》人《じん》であるメイドに任《まか》せることが多《おお》くなりました。料理《りょうり》、そうじ、子守《こも》りなどを担当《たんとう》し、主人《しゅじん》に尽《つ》くしていました。メイドを複数人雇《ふくすうにんやと》うのは、貴族《きぞく》たちにとってステータスとなっていたようです。

### テムズ川 《てむずがわ》

イギリスの南部《なんぶ》を西《にし》から東《ひがし》へ流《なが》れている川《かわ》です。全長《ぜんちょう》は約《やく》346キロメートル。ケンブル村《むら》に源流《げんりゅう》があり、オックスフォードやロンドンを流《なが》れて北海《ほっかい》に注《そそ》ぎます。食料《しょくりょう》、生《せい》活用水《かつようすい》、交通路《こうつうろ》として、ロンドンの発展《はってん》には必要不可欠《ひつようふかけつ》な川《かわ》といえるでしょう。テムズ川《かわ》にかかるロンドン橋《はし》が有名《ゆうめい》です。

事件《じけん》ファイル4

# くちびるの ねじれた男《おとこ》

文 幡《はた》野《の》京子《きょうこ》

これは、ワトソンが結婚《けっこん》し、ホームズとの同居《どうきょ》を解消《かいしょう》した後《あと》の話《はなし》。

冬《ふゆ》の空《そら》から、星《ほし》たちのささやきが降《ふ》ってきそうな穏《おだ》やかなある夜《よる》。

ワトソンは、仕事《しごと》の忙《いそが》しさから解放《かいほう》され、自宅《じたく》のひじかけ椅子《いす》でウトウトしていた。

その近《ちか》くで彼《かれ》の妻《つま》が、編《あ》み棒《ぼう》を熱心《ねっしん》に動《うご》かす。編《あ》んでいるのはワトソンのマフラー。ちょっと赤《あか》すぎるかしら、と思《おも》わず微笑《ほほえ》む妻《つま》の心《こころ》も知《し》らず、ワトソンは夢《ゆめ》うつつでゆったりとした時間《じかん》を過《す》ごしていた。

そのとき、部屋《へや》の空気《くうき》が震《ふる》えるほどあわただしく、玄関《げんかん》のベルが鳴《な》らされた。

「きっと患者《かんじゃ》さんよ。往診《おうしん》の依頼《いらい》だわ」と妻《つま》が立《た》ち上《あ》がる。

「そうかな。遅《おく》れてきたサンタクロースかもしれないよ」

しばらくすると、ドアを開《あ》けた妻《つま》が、女性《じょせい》と話《はな》している声《こえ》が聞《き》こえてきた。

「あなた、ケイトが来《き》ているの。あなたに頼《たの》みたいことがあるんですって」

妻《つま》の後《うし》ろに、不安《ふあん》げな表情《ひょうじょう》の女性《じょせい》が立《た》っていた。

「遅《おそ》い時間《じかん》に申《もう》し訳《わけ》ありません。でも、どうしてもお医者様《いしゃさま》の力《ちから》をお借《か》りしたくて」

ケイトは、ワトソンが主治医《しゅじい》を務《つと》めるアイザ・ホイットニーの妻《つま》だった。やっぱり往診《おうしん》の依頼《いらい》か、

とワトソンは少《すこ》しがっかりした。ベルの音《おと》を聞《き》いたとき、一瞬《いっしゅん》、シャーロック・ホームズが何《なに》か調査《ちょうさ》の話《はなし》を持《も》ってきたのではないかと期待《きたい》をしたのだ。

ワトソンはなぜか、近《ちか》いうちにまたホームズと仕事《しごと》をする気《き》がしていた。でも今《いま》はそんな思《おも》いは胸《むね》にしまい、医者《いしゃ》らしく「どうしました」と、穏《おだ》やかにケイトに話《はな》しかけた。

「実《じつ》は、夫《おっと》が2日《か》も家《いえ》に帰《かえ》ってこないのです。行《い》き先《さき》はわかっているのですが」

「ほう。どちらに行《い》っているのですか」

「テムズ川岸《がわぎし》のアッパー・スワンダム・レインにある〝ゴールド・バー〟という、*アヘン窟《くつ》です。いつもはアヘンを吸《す》ってボロボロになっても、その日《ひ》のうちに帰《かえ》ってきますが、今回《こんかい》は2日《か》たっても戻《もど》ってこないのです。先生《せんせい》、アヘン中毒《ちゅうどく》の夫《おっと》を助《たす》けてください！　今夜《こんや》のうちにどうか！」

「ええ、私《わたし》は医師《いし》としてご主人《しゅじん》のお力《ちから》になれると思《おも》います。ただし、治療《ちりょう》には時間《じかん》がかかることをご理解《りかい》ください。今夜《こんや》のうちに、どうこうというのは……」

「私《わたし》と一緒《いっしょ》に、主人《しゅじん》を迎《むか》えに行《い》ってもらえませんか」

「……えっ?」

「アヘン中毒《ちゅうどく》の廃人《はいじん》のような人達《ひとたち》がたむろする場所《ばしょ》に、深夜《しんや》、女《おんな》である私一人《わたしひとり》で乗《の》り込《こ》むなんて、恐《おそ》ろしくて……」

「ごもっとも。主治医《しゅじい》である私《わたし》が責任《せきにん》を持《も》って、今夜《こんや》ご主人《しゅじん》を家《いえ》までお戻《もど》ししましょう。奥《おく》さんは家《いえ》で待《ま》っていてください」

＊アヘン＝P235参照《さんしょう》

ワトソンは馬車《ばしゃ》を手配《てはい》し、アヘン窟《くつ》へ向《む》かった。

アヘン窟《くつ》はロンドン橋《ばし》に連《つら》なる裏通《うらどお》り、波止場《はとば》の後《うし》ろに隠《かく》れるようにしてあった。薄暗《うすぐら》い洞窟《どうくつ》のような通路《つうろ》を進《すす》み、アヘンの煙《けむり》が漂《ただよ》う中《なか》、床《ゆか》に横《よこ》たわる人《ひと》を踏《ふ》まないようにワトソンはホイットニーを探《さが》す。ぶつぶつつぶやく人《ひと》、奇声《きせい》を上《あ》げる人《ひと》、みんな目《め》がどんよりと濁《にご》っていた。青白《あおじろ》い顔《かお》のやせた男《おとこ》と目《め》が合《あ》う。アヘンのせいで、体《からだ》がふるえている。

「ああ、ホイットニーさん！　あなたを探《さが》していたんですよ」

「やあやあ、これはワトソン先生《せんせい》じゃないか。こんな所《ところ》で会《あ》うとは。ところで、今日《きょう》は水曜《すいよう》かな」

「いいえ、金曜《きんよう》ですよ。あなたは2日《か》間《かん》、ここにい

たんですね」

「なんだって？　嘘《うそ》をつくな！　今日《きょう》は水曜《すいよう》だろう」

「間違《まちが》いなく金曜日《きんようび》です。奥《おく》さんがずっと心配《しんぱい》していたんですよ。早《はや》く帰《かえ》りましょう」

「おお、何《なん》てことだ。ワトソン、どうか私《わたし》を家《いえ》に送《おく》ってくれ。一人《ひとり》じゃ足腰《あしこし》が立《た》たん」

「そのつもりで来《き》ました。表《おもて》に馬車《ばしゃ》を待《ま》たせてありますから」

　ホイットニーの支払《しはら》いをするため、ワトソンはアヘン窟《くつ》の管理人《かんりにん》を探《さが》さねばならなかった。狭《せま》い通路《つうろ》を進《すす》むと、突《とつ》然《ぜん》、床《ゆか》に横《よこ》たわる薄汚《うすよご》れたアヘン中毒《ちゅうどく》の男《おとこ》にジャケットの裾《すそ》を引《ひ》っぱられ、ワトソンの心臓《しんぞう》が跳《は》ね上《あ》がる。「ドキッ！」何《なん》とか叫《さけ》び声《ごえ》を上《あ》げるのをこらえたワトソンに、背中《せなか》の曲《ま》がった背《せ》の高《たか》い男《おとこ》が、ささやいた。

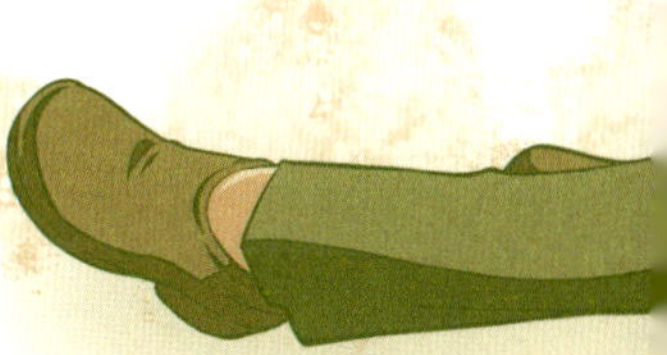

「やあ、ワトソン」

このおどろおどろしいアヘン窟《くつ》に、他《ほか》にもまだ自分《じぶん》の知《し》り合《あ》いがいるのか？　ワトソンは目《め》をこらし、じっと男《おとこ》を見《み》た。

「えっ？　君《きみ》、ホームズじゃないか！　ここでいったい何《なに》をしているんだ？」

汚《よご》れた服《ふく》にボサボサの髪《かみ》、顔《かお》は煤《すす》で汚《よご》れているが、それは間違《まちが》いなくシャーロック・ホームズだった。

「ホームズ、君《きみ》まさか、ついにアヘンにまで手《て》を出《だ》したのか！」

「そうじゃないよ、ワトソン。落《お》ち着《つ》いて、小《ちい》さな声《こえ》で話《はな》してくれ。これは潜入調査《せんにゅうちょうさ》だ。アヘン中毒《ちゅうどく》の君《きみ》の患者《かんじゃ》を家《いえ》に送《おく》り返《かえ》したら、少《すこ》し話《はなし》がしたい」

「いいよ。近《ちか》いうちに君《きみ》と話《はなし》をするような気《き》がしていたよ、ホームズ」

ワトソンはケイト宛《あ》ての手紙《てがみ》を御者《ぎょしゃ》の男《おとこ》に託《たく》し、ホイットニーを家《いえ》に送《おく》り返《かえ》した。

「それにしても驚《おどろ》いたよ、ホームズ。見事《みごと》な変装《へんそう》だね」

「君《きみ》が驚《おどろ》いたのは、僕《ぼく》がアヘン中毒《ちゅうどく》になったと本気《ほんき》で思《おも》ったからだろ」

「いやあ、まあそれもそうなんだけどさ……。ところで、いったい、何《なん》の調査《ちょうさ》だい？」

「あの窟《くつ》は、インド人水夫《じんすいふ》が経営《けいえい》する下宿《げしゅく》だ。建物《たてもの》の裏側《うらがわ》にテムズ川《がわ》に面《めん》した窓《まど》があるだろう。そこから何《なに》が落《お》ちていったか調《しら》べるために、変装《へんそう》して紛《まぎ》れ込《こ》んでいたのさ」

　アヘン窟《くつ》をうまく抜《ぬ》け出《だ》し、ホームズは中毒者《ちゅうどくしゃ》の変装《へんそう》を外《はず》した。

「窓《まど》から川《かわ》へ、何《なに》か落《お》ちていったって？　まさか人《ひと》じゃないだろうね」

「ワトソン、察《さっ》しがよくなったな」

　ホームズはこともなげに言《い》うけれど、ワトソンはゾッとした。と同時《どうじ》に、ホームズが調査中《ちょうさちゅう》の事件《じけん》について、もっと知《し》りたくなる。

「ある男性《だんせい》が行方《ゆくえ》不明《ふめい》になり、彼《かれ》の妻《つま》から調査依頼《ちょうさいらい》があった。男性《だんせい》の名前《なまえ》は、ネビル・セントクレア。あれこれ事業《じぎょう》を起《お》こし、実業家《じつぎょうか》のようなことをしている人物《じんぶつ》だ」

「へえ。では仕事上《しごとじょう》のトラブルに巻《ま》き込《こ》まれたとか？」

「そういう話《はなし》は出《で》てこない。毎日《まいにち》決《き》まって5時《じ》14分《ふん》の列車《れっしゃ》で家《いえ》に帰《かえ》ってくるような真面目《まじめ》な人物《じんぶつ》らしい。誠実《せいじつ》で妻子《さいし》を大事《だいじ》にする。借金《しゃっきん》は多少《たしょう》あるが、それを上回《うわまわ》る貯金《ちょきん》がある。行方不明《ゆくえふめい》になる直前《ちょくぜん》、妻《つま》が夫《おっと》の姿《すがた》を目撃《もくげき》しているんだが、ちょっと不可解《ふかかい》な話《はなし》でね」

「それで、これからどこへ行《い》くんだ？」

「ケント州《しゅう》だ。そこに、セントクレア家《け》の屋敷《やしき》がある。夫人《ふじん》に調査《ちょうさ》の報告《ほうこく》をしなければならない。彼女《かのじょ》は調査《ちょうさ》のために通《かよ》う僕《ぼく》に、食事《しょくじ》や部屋《へや》まで用意《ようい》してくれているんだ」

「それだけ君《きみ》への期待《きたい》が大《おお》きいわけだ」

「しかし困《こま》ったことに、これといって収穫《しゅうかく》がない」

馬車《ばしゃ》に乗《の》り込《こ》んだホームズは珍《めずら》しく疲《つか》れたような

表情《ひょうじょう》を見《み》せた。

「手《て》がかりはいろいろ、あるにはあるんだがね」

「ホームズ、僕《ぼく》に手伝《てつだ》えそうなことがあるかな」

「君《きみ》に事件《じけん》のあらましを話《はな》すことで頭《あたま》を整理《せいり》して、もう一度《いちど》あらゆる可能性《かのうせい》を洗《あら》い出《だ》してみることにしよう」


　馬車《ばしゃ》は人気《ひとけ》のない通《とお》りを過《す》ぎ、周囲《しゅうい》に緑《みどり》の木立《こだち》が増《ふ》えてゆく。木々《きぎ》の間《あいだ》に、ところどころ明《あ》かりのついた窓《まど》が見《み》え、その一《ひと》つである大《おお》きな屋敷《やしき》の前《まえ》で馬車《ばしゃ》が停《と》まった。襟元《えりもと》と袖《そで》にフリルのついた、ピンク色《いろ》の絹《きぬ》のロングドレスを着《き》た、品《ひん》の良《よ》い若《わか》い女性《じょせい》が出迎《でむか》えた。

「セントクレア夫人《ふじん》だ。こちらは僕《ぼく》の友人《ゆうじん》、ワトソン医師《いし》」

　簡単《かんたん》なあいさつを交《か》わすと、夫人《ふじん》はホームズにたずねた。

「夫《おっと》のことで、何《なに》か新《あたら》しいことがわかりましたか？　よい知《し》らせは？」

「何《なに》も」

「悪《わる》い知《し》らせは？」

「何《なに》も」

「ホームズさん、はっきり言《い》ってください。夫《おっと》は生《い》きていると思《おも》いますか？」

　夫人《ふじん》は気丈《きじょう》にふるまうけれど、さすがのホームズも少《すこ》し答《こた》えをためらう。

「正直《しょうじき》にお考《かんが》えを言《い》ってください。私《わたし》は大丈夫《だいじょうぶ》ですから」

「それでは申《もう》し上《あ》げます。あくまでも今《いま》の時点《じてん》での見解《けんかい》ですが、おそらく、生《い》きてはいないでしょう」

　重《おも》い沈黙《ちんもく》の中《なか》、夫人《ふじん》が何《なに》かを持《も》ってきた。

「手紙《てがみ》が来《き》ました」

　差出人《さしだしにん》は〝ネビル・セントクレア〟とある。

「夫《おっと》からです。今日《きょう》届《とど》きました。手紙《てがみ》の日付《ひづけ》は月曜日《げつようび》です」

ホームズは目《め》をみはり、夫人《ふじん》から手紙《てがみ》を受《う》け取《と》ると、急《いそ》いで中身《なかみ》を確《たし》かめた。

〝不手際《ふてぎわ》があり、予定《よてい》が遅《おく》れている
必《かなら》ず戻《もど》るので、安心《あんしん》して待《ま》っていてほしい〟

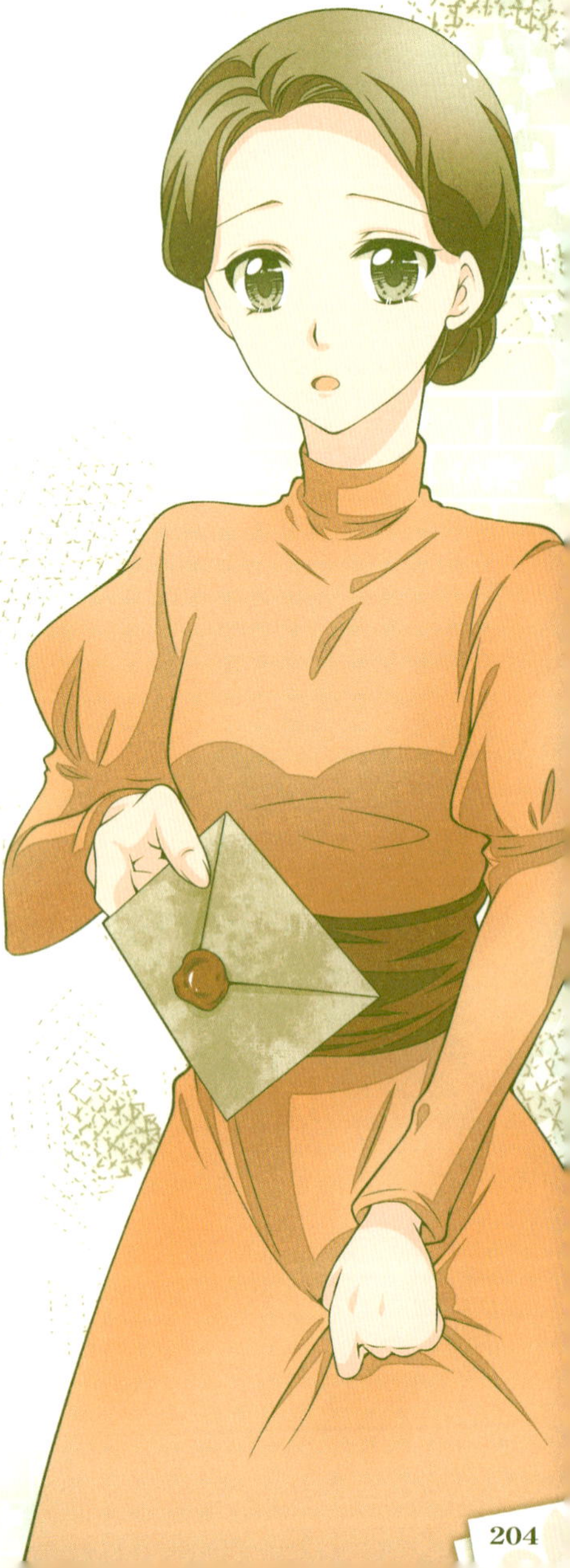

「走《はし》り書《が》きですが、間違《まちが》いなく夫《おっと》の字《じ》です」

「便《びん》せんも封筒《ふうとう》も、ずいぶん汚《よご》れていますね。煤《すす》か何《なに》かがついた指《ゆび》でつかんだようだ」

ホームズは封筒《ふうとう》と便《びん》せんの表裏《おもてうら》をひっくり返《かえ》して観察《かんさつ》し、匂《にお》いまでかいでみた。

「これも一緒《いっしょ》に入《はい》っていました。夫《おっと》の結婚指輪《けっこんゆびわ》です。夫《おっと》は間違《まちが》いなく生《い》きています。私《わたし》、わかるんです。夫《おっと》に何《なに》かあれば、イヤな胸騒《むなさわ》ぎを感《かん》じるはずです」

「確《たし》かに、女性《じょせい》のカンは当《あ》たりますからね」

ホームズが言《い》うと、「まったく同感《どうかん》です」と、ワトソンも夫人《ふじん》を力《ちから》づけるように大《おお》きくうなずいた。

「状況《じょうきょう》を整理《せいり》したい。もう一度《いちど》話《はな》してもらえませんか。あなたがあの日《ひ》、ご主人《しゅじん》を見《み》かけたときのことを」

ホームズが夫人《ふじん》に言《い》った。

「わかりました」

セントクレア夫人《ふじん》は静《しず》かに語《かた》りはじめた。

「それは月曜日《げつようび》のことでした。朝《あさ》、夫《おっと》は『帰《かえ》りに子《こ》どもたちに積《つ》み木《き》を買《か》ってくるよ』と言《い》って、いつもより少《すこ》し早《はや》い時間《じかん》に、笑顔《えがお》で出《で》かけていきました。その午後《ごご》、私《わたし》は以前注文《いぜんちゅうもん》した荷物《にもつ》が届《とど》いたという電報《でんぽう》を受《う》け取《と》り、ロンドンにある船会社《ふながいしゃ》の事務所《じむしょ》に出《で》かけました」

「船会社《ふながいしゃ》があるのは港《みなと》のほうですね？　＊スラム街《がい》が近《ちか》くにある……」

ホームズが言《い》う。

「そうです。スラム街《がい》の雑踏《ざっとう》を歩《ある》いていたとき、ある噂《うわさ》を思《おも》い出《だ》したのです」

「噂《うわさ》？」

「ロンドンの繁華街《はんかがい》に、変《か》わった物乞《ものご》いがいるそうですね。道行《みちゆ》く人《ひと》に、＊シェイクスピアの名言《めいげん》や＊ワーズワースの詩《し》の一節《いっせつ》を引《ひ》いて語《かた》りかけたり、哲学的《てつがくてき》な議論《ぎろん》をふっかけることがあると聞《き》きました」

「その人物《じんぶつ》なら見《み》かけたことがあります。顔《かお》に大《おお》きな傷《きず》があって、見《み》た目《め》はおそろしげですが、頭《あたま》のいい男《おとこ》です。通行人《つうこうにん》にからかわれても、ユーモアあるセリフで切《き》り返《かえ》したり、ちょっとした名物男《めいぶつおとこ》ですね」

ホームズが言《い》う。

＊スラム街《がい》　＊シェイクスピア　＊ワーズワース＝P235参照《さんしょう》

「仕事《しごと》で町《まち》に行《い》く夫《おっと》なら知《し》っているだろうかと、前《まえ》にたずねたことがありました。でも夫《おっと》は『いや、会《あ》ったことはないね』と首《くび》をかしげていました」

「あなたはその物乞《ものご》いを探《さが》して歩《ある》いたのですね」

「ええ。なぜだか興味《きょうみ》があって、会《あ》えるなら会《あ》ってみたいと。でも、それが悪夢《あくむ》の始《はじ》まりでした。いえ、もしかしたら、私《わたし》があの日裏通《ひうらどお》りに入《はい》ってしまったから、こんなことになってしまったのでしょうか」

月曜日《げつようび》。ロンドンでの用事《ようじ》を済《す》ませた夫人《ふじん》は、これまで足《あし》を踏《ふ》み入《い》れたこともない、裏通《うらどお》りに恐《おそ》る恐《おそ》る進《すす》んで行《い》った。通《とお》りには安物《やすもの》の洋品店《ようひんてん》や酒場《さかば》が並《なら》び、道端《みちばた》で遊《あそ》ぶ子《こ》どもたちの身《み》なりは貧《まず》しく、夫人《ふじん》の知《し》っているような行儀《ぎょうぎ》の良《よ》さそうな子《こ》はいない。

目的《もくてき》の物乞《ものご》いの姿《すがた》はなさそうだった。ドレスを着《き》た品《ひん》の良《よ》い夫人《ふじん》の姿《すがた》は、その通《とお》りでは浮《う》いていた。立《た》ち話《ばなし》をしている女《おんな》たちにジロジロ見《み》られ、居心地《いごこち》が悪《わる》くなり、夫人《ふじん》は足早《あしばや》にその場《ば》を去《さ》ろうとした。

「おいで、お菓子《かし》をあげよう」

通《とお》りかかったアパートの3階《かい》の窓《まど》から、遊《あそ》んでいる子《こ》どもに声《こえ》がかかる。何気《なにげ》なく声《こえ》のしたほうを見上《みあ》げた夫人《ふじん》は目《め》を見開《みひら》き、息《いき》を呑《の》んだ。

「あなたっ！」

みすぼらしい建物《たてもの》の窓《まど》に、夫《おっと》ネビル・セントクレアの姿《すがた》があった。

「あなた、そこで何《なに》をしているの？」

ふるえる声《こえ》で問《と》う夫人《ふじん》を、引《ひ》きつった表情《ひょうじょう》で見《み》つめるネビルが、何《なに》か叫《さけ》んで後《うし》ろに倒《たお》れたように見《み》え、窓《まど》から姿《すがた》を消《け》した。

「あなたっ！」

夫人《ふじん》は絶叫《ぜっきょう》し、アパートの入《い》り口《ぐち》を探《さが》し、そこにいた子《こ》どもを押《お》しのけて中《なか》へ飛《と》び込《こ》んだ。

薄暗《うすぐら》い玄関《げんかん》の奥《おく》に、上《うえ》へあがる狭《せま》い階段《かいだん》が見《み》えた。ドレスの裾《すそ》を持《も》って駆《か》け上《あ》がろうとして、上《うえ》から降《お》りてきた大《おお》きな男《おとこ》にさえぎられる。

「どこへ行《い》く？　あんた、誰《だれ》だ」

「上《うえ》に夫《おっと》がいるんです！　何《なに》か叫《さけ》んで後《うし》ろにひっくり返《かえ》ったわ！」

男《おとこ》はけげんな顔《かお》で言《い》った。

「上《うえ》には俺《おれ》以外《いがい》、誰《だれ》もいない」

「そんなはずないわ。今《いま》、たった今《いま》、窓《まど》から夫《おっと》が私《わたし》を見《み》ていたんです！　どいて！」

「ここは水夫《すいふ》たちの下宿部屋《げしゅくべや》だ。あなたのようなご婦人《ふじん》が来《く》る場所《ばしょ》ではない」

夫人《ふじん》は、男《おとこ》ともう一人《ひとり》の使用人《しようにん》のような男《おとこ》に通《とお》りに追《お》い出《だ》されてしまった。しかし、夫《おっと》が倒《たお》

れたのを見《み》た以上《いじょう》、このまま諦《あきら》めるわけにはいかない。

「警察《けいさつ》！　警察《けいさつ》を呼《よ》ばなくては！」

人目《ひとめ》も気《き》にせずドレスをひるがえし、半狂乱《はんきょうらん》でスラム街《がい》を抜《ぬ》けようと走《はし》っていたところ、運良《うんよ》く巡回中《じゅんかいちゅう》の警部《けいぶ》一行《いっこう》に出会《であ》った。夫人《ふじん》の話《はなし》を聞《き》いた警部《けいぶ》たちがアパートに行《い》くと、さっきの男《おとこ》もさすがに逆《さか》らわず、3階《かい》に案内《あんない》した。

天井《てんじょう》まで薄汚《うすよご》れた3階《かい》の部屋《へや》には、誰《だれ》の姿《すがた》もなかった。

「誰《だれ》もいないと言《い》っただろ」

後《うし》ろで男《おとこ》があきれたように言《い》った。夫人《ふじん》はかまわず、奥《おく》の部屋《へや》へ向《む》かう。

「……キャーッ！」

奥《おく》の部屋《へや》に入《はい》った夫人《ふじん》が、叫《さけ》び声《ごえ》を上《あ》げた。

「どうしました！」

警部《けいぶ》と若《わか》い巡査《じゅんさ》が飛《と》び込《こ》んできた。彼《かれ》らの視線《しせん》の

先《さき》には、ボサボサの赤毛《あかげ》、真《ま》っ黒《くろ》に汚《よご》れた顔《かお》、頬《ほお》から口《くち》にかけて痛々《いたいた》しい傷跡《きずあと》が残《のこ》り、片方《かたほう》が不自然《ふしぜん》に引《ひ》きつれた唇《くちびる》、目《め》だけをギョロギョロと動《うご》かす男《おとこ》が座《すわ》っていた。足《あし》が悪《わる》いようで、近《ちか》くに杖《つえ》がころがっている。

「今日《きょう》は騒々《そうぞう》しいねえ。おや、珍《めずら》しいお客《きゃく》だな」

夫人《ふじん》を見《み》て、男《おとこ》がにやにや笑《わら》う。

「ああ、そういえばそいつがいたな。下宿人《げしゅくにん》にも数《かぞ》えていないので忘《わす》れていた」

案内《あんない》の男《おとこ》がとぼけたふうに言《い》った。

「こいつはよく知《し》った顔《かお》ですよ」

警部《けいぶ》は驚《おどろ》くこともなく、「お前《まえ》、今日《きょう》はここにいたのか」と男《おとこ》に声《こえ》をかけた。

「こいつはヒュー・ブーンという男《おとこ》です。しょっちゅう、この先《さき》の通《とお》りをウロついている」

「ウロついているってのはないでしょう。今日《きょう》は暑《あつ》くてねえ、商売《しょうばい》あがったりさ」

「人《ひと》の情《なさ》けにすがって、形《かたち》ばかりのマッチ売《う》りをして何《なに》が商売《しょうばい》だ。だいたい、マッチ売《う》りなんていうのはまっとうな人間《にんげん》がやる仕事《しごと》じゃないね。マッチ売《う》りの少女《しょうじょ》なら、まだかわいげがあるが」

「おや、警部殿《けいぶどの》は職業《しょくぎょう》で人《ひと》を差別《さべつ》するのかい？　俺《おれ》はさあ、道行《みちゆ》く人《ひと》たちの退屈《たいくつ》な毎日《まいにち》を、気《き》の利《き》いた会話《かいわ》で盛《も》り上《あ》げているじゃないか」

警部《けいぶ》はやれやれと、お手上《てあ》げのポーズをする。そのやりとりで、ヒュー・ブーンが物乞《ものご》いをしているのだとわかった。

「もしかして、この人《ひと》が噂《うわさ》の物乞《ものご》い？」

夫人《ふじん》は目《め》をみはった。もう一人《ひとり》の男《おとこ》、さきほど夫人《ふじん》の邪魔《じゃま》をした男《おとこ》はインド人水夫《じんすいふ》で、この下宿《げしゅく》の管理人《かんりにん》だという。

「おい、ところで、今日《きょう》この下宿《げしゅく》にお前《まえ》たち以外《いがい》の誰《だれ》かが来《き》たか」

「誰《だれ》かって、俺《おれ》たち以外《いがい》に誰《だれ》もいないさ。こんな所《ところ》、昼間《ひるま》は誰《だれ》も近《ちか》づかないよ」

あちこち見《み》まわしていた夫人《ふじん》が突然《とつぜん》、部屋《へや》の奥《おく》の川《かわ》に面《めん》した窓《まど》へ歩《あゆ》み寄《よ》ったかと思《おも》うと、窓《まど》を開《あ》け放《はな》った。

「何《なに》してるんだ」

インド人水夫《じんすいふ》とヒュー・ブーンがとがめるように声《こえ》を上《あ》げる。夫人《ふじん》が窓《まど》から下《した》をのぞき込《こ》むと、そこにあるのはテムズ川《かわ》の穏《おだ》やかな流《なが》れ。

「誰《だれ》かがそこに飛《と》び込《こ》んだとでも？」

ヒュー・ブーンが、夫人《ふじん》をからかうように言《い》った。

「飛《と》び込《こ》んだのではなく、あなたたちが投《な》げ込《こ》んだのでは？」

夫人《ふじん》は男《おとこ》たちをにらみつけた。ヒュー・ブーンが「とんでもない」と首《くび》を横《よこ》にふる。

「恐《おそ》ろしいことを言《い》うご婦人《ふじん》だ」

「特《とく》に変《か》わった点《てん》はないようですが、奥《おく》さん、ご主人《しゅじん》は本当《ほんとう》にこの建物《たてもの》に？　似《に》たような別《べつ》のアパートということはないですか」

警部《けいぶ》の言葉《ことば》に夫人《ふじん》は、自分《じぶん》が言《い》っていることを信用《しんよう》してもらえない悔《くや》しさと絶望《ぜつぼう》で、思《おも》わずしゃがみ込《こ》んだ。と、テーブルの下《した》の箱《はこ》が目《め》に入《はい》り、凍《こお》りつく。

「あの箱《はこ》！」

その箱《はこ》には、積《つ》み木《き》の絵《え》が描《えが》かれていた。

「今朝《けさ》、夫《おっと》が言《い》っていました。『子《こ》どもたちに積《つ》み木《き》を買《か》ってくる』って！」

ヒュー・ブーンとインド人水夫《じんすいふ》の表情《ひょうじょう》が固《かた》まった。

「あの積《つ》み木《き》は、お前《まえ》たちのものか？」

警部《けいぶ》の問《と》いに、ブーンと水夫《すいふ》はあいまいに顔《かお》を見《み》合《あ》わせた。

「大《だい》の大人《おとな》が二人《ふたり》で積《つ》み木《き》遊《あそ》びもないだろう。おいっ、もう一度《いちど》部屋《へや》のすみずみまでしっかり調《しら》べ直《なお》すぞ！」

警部《けいぶ》たちが改《あらた》めて調《しら》べると、重大《じゅうだい》なものが見《み》つかった。窓枠《まどわく》に血《ち》の跡《あと》があったのだ。

「警部《けいぶ》！　カーテンの裏《うら》に服《ふく》が隠《かく》してあります！」

若《わか》い巡査《じゅんさ》が叫《さけ》んだ。見《み》つかったのは、スーツの

上下《じょうげ》に靴《くつ》、帽子《ぼうし》、時計《とけい》……。

「これは確《たし》かに今朝《けさ》、夫《おっと》が着《き》ていったものです。靴《くつ》も帽子《ぼうし》も時計《とけい》も夫《おっと》のものだわ！」


ここまで話《はな》し終《お》え、夫人《ふじん》は疲《つか》れたように黙《だま》り込《こ》む。

「つらい話《はなし》をさせて申《もう》し訳《わけ》ありません。ここからは私《わたし》が説明《せつめい》しましょう」

ホームズがあとを受《う》けた。

「ワトソン、事件現場《じけんげんば》となった川《かわ》に面《めん》した水夫《すいふ》の下宿《げしゅく》アパートというのは、さっき僕《ぼく》たちがいたアヘン窟《くつ》さ」

「え？　そうなのか！　じゃあインド人水夫《じんすいふ》っていうのはあのアヘン窟《くつ》の管理人《かんりにん》か」

「そう。限《かぎ》りなく怪《あや》しい人物《じんぶつ》さ。でも警察《けいさつ》は、ヒュー・ブーンだけを逮捕《たいほ》した」

「水夫《すいふ》には犯行《はんこう》に及《およ》ぶだけの時間《じかん》がないってことだね」

「その通《とお》り。夫人《ふじん》が下宿《げしゅく》に飛《と》び込《こ》んだとき、下《した》に降《お》りてすぐに対応《たいおう》したのが水夫《すいふ》だ。ヤツが犯行《はんこう》にかかわるとしても、夫人《ふじん》が警察《けいさつ》を呼《よ》びに行《い》って戻《もど》ってくるまでの、せいぜい5、6分《ぷん》。共犯《きょうはん》というのはあり得《え》るがね」

「ヒュー・ブーンは足《あし》が不自由《ふじゆう》なんだろ？　一人《ひとり》で窓《まど》から人《ひと》を投《な》げ落《お》とすなんてこと、できるだろうか」

「君《きみ》は医者《いしゃ》の立場《たちば》で考《かんが》えてみろ。体《からだ》のどこか弱《よわ》いところがあると、それ以外《いがい》の場所《ばしょ》が発達《はったつ》して強《つよ》くなることを否定《ひてい》しないだろ？　ブーンの服《ふく》の右袖《みぎそで》に血《ち》がついていて、窓枠《まどわく》についていた血《ち》と同《おな》じものだった。本人《ほんにん》は『釘《くぎ》を打《う》ってケガをした』と主張《しゅちょう》したそうだが。それに、逮捕《たいほ》する決《き》め手《て》は他《ほか》にもあった」

「何《なん》だろう」

「セントクレア氏《し》のコートだ。コートだけが部屋《へや》にはなく、川《かわ》の捜索《そうさく》で見《み》つかった」

「コートだけが？」

「そう。コートにはちょっとした仕掛《しか》けがあったんだ。ポケットに421枚《まい》のペニー硬貨《こうか》と、270枚《まい》の半《はん》ペニー硬貨《こうか》がつめられていた」

「それって、ブーンが物乞《ものご》いをしてもらった硬貨《こうか》か。すぐに水面《すいめん》に浮《う》き上《あ》がってこないように、重石《おもし》にしたんだね。でも、変《へん》だな。ブーンはコートだけを捨《す》てたのかい？」

「おそらくすべての服《ふく》を処分《しょぶん》したかったけれど、思《おも》いのほか早《はや》く夫人《ふじん》たちが戻《もど》ってきて、時間《じかん》がなかったんだろう」

「状況《じょうきょう》からすればブーンがセントクレア氏《し》を殺《ころ》し、窓《まど》から死体《したい》を川《かわ》に投《な》げ込《こ》んだ。でも見《み》つかったのはコートだけで、死体《したい》が上《あ》がったわけでもない。それにさっきの手紙《てがみ》が届《とど》いて、謎《なぞ》は深《ふか》まるばかりだね」

「奥《おく》さん、一《ひと》つ聞《き》いておきたいことがあります」

「何《なん》でしょうか」

「とても失礼《しつれい》な質問《しつもん》ですが、ご主人《しゅじん》はアヘンを吸《す》っ

ていましたか？」

「いいえ。決《けっ》して」

「ありがとうございます。わずかでも疑《うたが》いを持《も》たないよう、うかがいました」

用意《ようい》された部屋《へや》に戻《もど》ると、寝《ね》る支度《したく》をするワトソンの脇《わき》で、ホームズは机《つくえ》に向《む》かい、火《ひ》のついていないパイプをくわえたまま何《なに》やら考《かんが》えをめぐらしている。

「夫人《ふじん》の言《い》ったことが本当《ほんとう》ならば」

ホームズが口《くち》を開《ひら》く。ワトソンは眠《ねむ》くて早《はや》く休《やす》みたかったが、耳《みみ》を傾《かたむ》ける。

「セントクレア氏《し》はあの場所《ばしょ》に、アヘンを吸《す》いに行《い》ったわけではない。それに、毎日夜《まいにちよる》は決《き》まった時間《じかん》に帰《かえ》っていたのだからね。だとしたら、僕《ぼく》にはある考《かんが》えが浮《う》かんでいる」

「どんな？」

「トリックみたいな話《はなし》さ。単純《たんじゅん》だけど、種《たね》を明《あ》かせばみんなあっとおどろくだろう。もう少《すこ》し検討《けんとう》が必要《ひつよう》だから、今《いま》はまだ話《はな》せないが」

「じゃあ……、今夜《こんや》は少《すこ》し眠《ねむ》ってもいいだろうか。もう頭《あたま》がまわりそうにない。アヘン窟《くつ》で君《きみ》に

会《あ》ったために、とても長《なが》い夜《よる》になったんでね」

「ああ。つき合《あ》わせて悪《わる》かった、ワトソン」

「ホームズ、君《きみ》のすごいところは推理力《すいりりょく》だけじゃなく、未解決《みかいけつ》の問題《もんだい》を抱《かか》えると何日《なんにち》でも休《やす》みなく活動《かつどう》する、そのバイタリティーだね」

そう言《い》ってワトソンはベッドにもぐり込《こ》むと、すぐに寝息《ねいき》を立《た》て始《はじ》めた。ホームズはパイプに火《ひ》をつける。一晩中《ひとばんじゅう》、事件《じけん》について考《かんが》えると覚悟《かくご》を決《き》めたように、手元《てもと》には一晩《ばん》で吸《す》うには多《おお》すぎる量《りょう》のタバコとマッチが用意《ようい》されていた。

翌朝《よくあさ》、といってもまだ夜《よ》が明《あ》けきらないうちに、ワトソンはホームズに起《お》こされた。

「ワトソン、朝《あさ》のドライブに行《い》く気《き》はあるか」

「ああ……。もちろんさ……」

徹夜《てつや》をしたと思《おも》われるホームズの目《め》は輝《かがや》き、少《すこ》しも疲《つか》れを引《ひ》きずっていない。

「どうやら謎《なぞ》がとけたみたいだね、ホームズ」

「ワトソン、僕《ぼく》はもしかしたらヨーロッパ一《いち》の大《おお》ばか者《もの》かもしれない。これからやろうとしていることを聞《き》けば、誰《だれ》もが笑《わら》い飛《と》ばすだろう」

「ほう」

「だけど、うまくいけば種明《たねあ》かしができるかもしれないよ」

「ドライブってどこへ行《い》くつもりだい?」

「ヒュー・ブーンが拘留《こうりゅう》されている警察署《けいさつしょ》だ」

「なるほど。決《けっ》してさわやかな朝《あさ》を感《かん》じることはできなさそうだね」

やっと起《お》き出《だ》したようなぼんやりした町《まち》を抜《ぬ》けて警察署《けいさつしょ》に着《つ》くと、入《い》り口《ぐち》で警備《けいび》の巡査《じゅんさ》がホームズに敬礼《けいれい》をした。ホームズは慣《な》れた様子《ようす》で警察署内《けいさつしょない》へと入《はい》った。

「これはホームズさん。今日《きょう》はお早《はや》いですね」

当直《とうちょく》のブラッドストリート警部《けいぶ》が出迎《でむか》えた。

「警部《けいぶ》、ここだけの話《はなし》があるんだが、いいかな」

「どうぞ。ここは私《わたし》の部屋《へや》なので、遠慮《えんりょ》はいりません」

「ネビル・セントクレア氏《し》の失踪《しっそう》にかかわった、ヒュー・ブーンに会《あ》わせてもらいたい」

「ああ、彼《かれ》ならまだ取《と》り調《しら》べ中《ちゅう》なので、独房《どくぼう》にいます」

「ブーンはどんな様子《ようす》だい？」

「やけにおとなしくしていますよ。手《て》を焼《や》くようなことはありません。ただ……」

警部《けいぶ》が苦笑《にがわら》いを浮《う》かべる。

「あの身《み》なりですからね、何《なん》とかして顔《かお》を洗《あら》わせようとしているんですが、絶対《ぜったい》に触《さわ》らせないのです」

「なるほど。そんなことだろうと思《おも》って、こちらで、ある準備《じゅんび》をしてきたよ」

ホームズが意味《いみ》ありげに、口《くち》のはしだけで笑《わら》った。

「おそらく、彼《かれ》はまだ寝《ね》ていると思《おも》いますが」

「そのほうが都合《つごう》がいい。できれば気《き》づかれないように中《なか》に入《はい》りたいんでね」

「はあ。ではこちらへ。その大《おお》きな荷物《にもつ》はここに置《お》いていってもいいですよ」

警部《けいぶ》はホームズが持《も》ち歩《ある》いている大《おお》きなスーツケースを見《み》て言《い》った。

「いや、けっこう。これは必要《ひつよう》なので持《も》って行《い》こう」

鉄格子《てつごうし》の向《む》こうで、ヒュー・ブーンは丸《まる》くなって眠《ねむ》っていた。垢《あか》だらけの顔《かお》をこちらに向《む》けている。唇《くちびる》は不自然《ふしぜん》に引《ひ》きつれ、眠《ねむ》っていても前歯《まえば》がむき出《だ》しで、トレードマークのような赤《あか》いもじゃもじゃの髪《かみ》はボサボサ。汚《よご》れたぞうきんのように、みすぼらしい姿《すがた》だ。

「これは確《たし》かに、洗《あら》わないといけないな」

そう言《い》ってホームズがスーツケースの中《なか》から取《と》り出《だ》したのは、大《おお》きなスポンジと水差《みずさ》し。

「ホームズ、何《なに》をするつもりだ？」

「さっぱりしてもらおうと思《おも》ってね」

「ホームズさん、いつもながらに、あなたのやることはまったくもって理解《りかい》できないが、きっとおもしろいことになるんでしょうな……」

あっけにとられるワトソンと警部《けいぶ》の目《め》の前《まえ》で、ホームズは水差《みずさ》しにスポンジを浸《ひた》した。

「さあ、ショータイムの始《はじ》まりだ。ちょっと顔《かお》を失礼《しつれい》するよ」

ホームズは眠《ねむ》っているブーンに近《ちか》づき、スポンジで顔《かお》を上下左右《じょうげさゆう》に強《つよ》くこすった。

「ひっ！」

水《みず》の冷《つめ》たさとスポンジの感触《かんしょく》に驚《おどろ》いたヒュー・ブーンが目《め》を見開《みひら》く。しかし、その顔《かお》からは、まるで木《き》の皮《かわ》を引《ひ》きはがすように、汚《よご》れた皮《ひ》ふと頬《ほお》から唇《くちびる》にかけての引《ひ》きつれた傷《きず》が、はがれていった。

「なんと！」

警部《けいぶ》が声《こえ》を上《あ》げ、ワトソンは息《いき》を呑《の》む。

さらにホームズが男《おとこ》の髪《かみ》を勢《いきお》いよく引《ひ》っぱると、赤毛《あかげ》の髪《かみ》がバサリと外《はず》れた。

「ネビル・セントクレア！」

見《み》た者《もの》が決《けっ》して忘《わす》れられない、目《め》のギョロッとした唇《くちびる》のねじれた赤毛《あかげ》の男《おとこ》。その仮面《かめん》の下《した》から現《あらわ》れたのは、水夫《すいふ》の下宿《げしゅく》から魔法《まほう》のように消《き》えた、ネビル・セントクレアの上品《じょうひん》そうな顔《かお》だった。

「ホームズ、さすがだよ。あの名物男《めいぶつおとこ》、ヒュー・ブーンは変装《へんそう》だったんだね！　アヘン窟《くつ》での君《きみ》の変装《へんそう》もなかなかだったけど、この男《おとこ》の変装《へんそう》は見事《みごと》なもんだ！」

ワトソンが興奮気味《こうふんぎみ》に叫《さけ》ぶ。

「感心《かんしん》している場合《ばあい》じゃありませんぞ！」

警部《けいぶ》が顔《かお》を真《ま》っ赤《か》にした。

「私《わたし》は……、何《なん》の罪《つみ》でここにいるのでしょうね」

青白《あおじろ》い顔《かお》のネビルが弱々《よわよわ》しくたずね、「ええと……」と、警部《けいぶ》は口《くち》ごもった。

「ネビル・セントクレア氏殺害《しさつがい》の疑《うたが》い……、いや、そうではないな。ああ、私《わたし》は長年警察《ながねんけいさつ》にいるけれど、こんなばかばかしい事件《じけん》は初《はじ》めてだ」

「もし私《わたし》がセントクレアなら、殺《ころ》されてもいないし失踪《しっそう》もしていない。何《なん》の罪《つみ》も犯《おか》していません。これは明《あき》らかに、不法拘留《ふほうこうりゅう》だ」

ネビルはやけくそのように言《い》う。

「あなたは確《たし》かに罪《つみ》は犯《おか》していません。けれど、大《おお》きな裏切《うらぎ》りをはたらいた。妻《つま》や子《こ》どもたちをあざむいていたのですよ」

ホームズが語《かた》りかける。

「あああっ!」

たった今《いま》までヒュー・ブーンだった男《おとこ》、ネビル・セントクレアはうめき、頭《あたま》を抱《かか》えうずくまった。

「こんな情《なさ》けない秘密《ひみつ》が妻《つま》や子《こ》どもにばれるくらいなら、牢獄《ろうごく》にいたほうがましだ! いっそ死《し》刑《けい》にでもしてほしいくらいだ!」

「バカを言《い》うな！　そうはいかないぞ。人殺《ひとごろ》しの疑《うたが》いは晴《は》れたが、これだけ騒《さわ》がせておいて、ただで済《す》むと思《おも》うな。さあ、話《はなし》を聞《き》かせてもらおう」

警部《けいぶ》は腹《はら》を立《た》て、怒鳴《どな》った。


「私《わたし》の父《ちち》はチェスターフィールドの校長《こうちょう》をしていて、私《わたし》もそこで学《まな》びました。若《わか》い頃《ころ》はあちこち旅《たび》をし、演劇《えんげき》に夢中《むちゅう》になり、舞台《ぶたい》に立《た》ち、毎日《まいにち》がとても充実《じゅうじつ》していた。卒業後《そつぎょうご》はロンドンの夕刊紙《ゆうかんし》の記者《きしゃ》になりました」

ネビルはポツリポツリと語《かた》り始《はじ》めた。

「あるとき、ロンドンの物乞《ものご》いに関《かん》する記事《きじ》を書《か》く

ことになりました。それで、自分《じぶん》も物乞《ものご》いの格好《かっこう》をして、実際《じっさい》に体験《たいけん》してみることにしたんです。演劇《えんげき》をしていたので、顔《かお》を塗《ぬ》ったり、肌色《はだいろ》の絆創膏《ばんそうこう》を使《つか》って皮《ひ》ふをねじって傷《きず》に見《み》せかけるといった、メイクアップはお手《て》のものでした。私《わたし》はわざと顔《かお》を汚《よご》し、唇《くちびる》のはしをねじり、赤毛《あかげ》のかつらとみすぼらしい服《ふく》を身《み》につけて、ロンドンの町《まち》に座《すわ》ってみて驚《おどろ》きました。思《おも》った以上《いじょう》に人《ひと》が硬貨《こうか》を投《な》げてよこすのです。ある日《ひ》、家《いえ》に帰《かえ》って硬貨《こうか》を数《かぞ》えたら、1日《にち》で26シリング4ペンスも稼《かせ》いでいました」

「最初《さいしょ》はあくまでも記事《きじ》を書《か》くためだったのですね？」

「そうです。実際《じっさい》に記事《きじ》を書《か》き終《お》えると、物乞《ものご》いへの興味《きょうみ》は薄《うす》れていきました。けれどしばらくして、私《わたし》は友人《ゆうじん》の手形《てがた》の保証人《ほしょうにん》となり、25ポンドの支払《しはら》い命令《めいれい》を受《う》けてしまったのです。困《こま》った私《わたし》は思《おも》いつきました。債権者《さいけんしゃ》に2週間《しゅうかん》の猶予《ゆうよ》をもらい、会社《かいしゃ》には休暇届《きゅうかとど》けを出《だ》し、物乞《ものご》いをしてお金《かね》を作《つく》ることにしたのです。変装《へんそう》して繁華街《はんかがい》に座《すわ》り、10日間《かかん》で負債《ふさい》を返《かえ》すためのお金《かね》を手《て》にすることができました」

「これはもう、才能《さいのう》っていうしかないのかなあ」

ワトソンが呆《あき》れる。

「それ以来《いらい》、週《しゅう》にせいぜい2ポンドしか稼《かせ》げない仕《し》事《ごと》に必死《ひっし》になるのがばかばかしくなってしまった。変装《へんそう》をして、通《とお》りすがりの人《ひと》にシェイクスピアのセリフを投《な》げかけておもしろがらせるだけで、お金《かね》が稼《かせ》げることがわかったのですから。私《わたし》は記者《きしゃ》の仕《し》事《ごと》を辞《や》め、毎日街角《まいにちまちかど》に座《すわ》るようになりました。そして、ネビル・セントクレアとしては郊外《こうがい》に立派《りっぱ》な家《いえ》を買《か》い、地元《じもと》の名士《めいし》の娘《むすめ》を妻《つま》にした。表向《おもてむ》きは成功者《せいこうしゃ》です」

「あなたのことを、怪《あや》しむ人《ひと》はいなかったのですね」

「私《わたし》には演劇《えんげき》をしていた頃《ころ》のメイク術《じゅつ》や、舞台《ぶたい》で磨《みが》いた話術《わじゅつ》があった。気《き》づけばちょっとした有名《ゆうめい》な物《もの》乞《ご》いになっていました。妻《つま》は私《わたし》の仕《し》事《ごと》について、ほとんど知《し》りません。生活費《せいかつひ》に困《こま》ることはなく、毎朝《まいあさ》

町《まち》へ出《で》て、決《き》まった時間《じかん》に帰《かえ》っていましたからね」

「ただ一人《ひとり》、私《わたし》の秘密《ひみつ》を知《し》っていた宿《やど》のインド人水夫《じんすいふ》ですが、アヘン窟《くつ》の宿代《やどだい》を奮発《ふんぱつ》していたので、彼《かれ》も協力者《きょうりょくしゃ》でした。私《わたし》はあそこで物乞《ものご》いの変装《へんそう》をし、夕方《ゆうがた》にはきちんとした格好《かっこう》に着替《きが》えて、堂々《どうどう》と列車《れっしゃ》に乗《の》って帰《かえ》ったんです」

「しかし、悪《わる》いことはできませんね。宿《やど》にいるところを奥《おく》さんに見《み》られてしまうとは」

「あの日《ひ》、私《わたし》は一日《いちにち》の仕事《しごと》を終《お》え、着替《きが》えていました。何気《なにげ》なく窓《まど》から外《そと》を見《み》ると、私《わたし》の子《こ》どもたちと同《おな》じくらいの年《とし》の子《こ》たちが道端《みちばた》で遊《あそ》んでいて、つい声《こえ》をかけてしまったのです。するとなんということか、子《こ》どもたちのすぐそばに妻《つま》がいました。『なぜそこにいるのか』と問《と》われ、説明《せつめい》なんてできやしません。すぐにインド人水夫《じんすいふ》に、部屋《へや》に上《あ》がろうとする人《ひと》がいたら、止《と》めてくれるよう頼《たの》んで、その間《あいだ》に大急《おおいそ》ぎで物乞《ものご》いの変装《へんそう》をしました。妻《つま》でも見破《みやぶ》れないほど、完《かん》璧《ぺき》な変装《へんそう》でした」

　ネビルは力《ちから》なく笑《わら》う。

「しかし、服《ふく》をどこかに隠《かく》さなければなりません。他《ほか》に投《な》げ捨《す》てるしかないと思《おも》い、ちゃんと沈《しず》むようポケットに物乞《ものご》いで稼《かせ》いだ硬貨《こうか》を入《い》れたのです。他《ほか》の服《ふく》もそうするつもりでしたが、間《ま》に合《あ》いませんでした。あせって勢《いきお》いよく窓《まど》を開《あ》けたら、その日《ひ》の朝《あさ》に寝室《しんしつ》でケガをしたときの傷口《きずぐち》が開《ひら》いてしまった。だから窓枠《まどわく》に私《わたし》の血《ち》がついていたんです。〝刺《さ》せば血《ち》も出《で》る〟ってやつですよ」

「シェイクスピアの台詞《せりふ》ですね」

ネビルの博識《はくしき》ぶりを、ホームズは面白《おもしろ》がる。

「そして、決定的《けっていてき》なミスがもう一《ひと》つ」

「ええ。テーブルの下《した》の積《つ》み木《き》の箱《はこ》のことなど、すっかり忘《わす》れていました。あれさえ見《み》つからなければ、警察《けいさつ》の目《め》も妻《つま》の目《め》もごまかせたかもしれない」

「夫人《ふじん》への手紙《てがみ》を書《か》いたのは、確《たし》かにあなたですね」

「はい。逮捕《たいほ》される間際《まぎわ》に素早《すばや》く結婚指輪《けっこんゆびわ》を抜《ぬ》き取《と》り、走《はし》り書《が》きの手紙《てがみ》と一緒《いっしょ》に封筒《ふうとう》に入《い》れました。それをインド人水夫《じんすいふ》に託《たく》したのです。私《わたし》が家《いえ》に帰《かえ》

らなければ、妻《つま》は心配《しんぱい》して大騒《おおさわ》ぎするでしょう。事件《じけん》になって町中《まちじゅう》に知《し》れ渡《わた》ってもやっかいだと思《おも》って」

「夫人《ふじん》の元《もと》に手紙《てがみ》が着《つ》いたのは昨日《きのう》ですよ」

「なんだって？ それでは妻《つま》はずっと心配《しんぱい》していたということか！」

「警察《けいさつ》は、インド人水夫《じんすいふ》のこともマークして見張《みは》っていましたからね。彼《かれ》はなかなか手紙《てがみ》を出《だ》すことができなかったのでしょう」

警部《けいぶ》はかろうじて警察《けいさつ》のメンツを保《たも》てたというふうに、鼻《はな》をふくらまして言《い》った。

「君《きみ》が心《こころ》を入《い》れ替《か》えるのであれば、警察《けいさつ》はこの事件《じけん》を公《おおやけ》にはしない考《かんが》えもある。そのかわり、ヒュー・ブーンはもう存在《そんざい》してはいけない」

「街角《まちかど》から名物男《めいぶつおとこ》が消《き》えたら、それはそれで残念《ざんねん》がる人《ひと》もいるだろうね」

「ホームズさん！ そんなことを言《い》うと、またこの男《おとこ》はつけ上《あ》がりますよ」

「立派《りっぱ》な家《いえ》があり、家族《かぞく》との幸《しあわ》せな生活《せいかつ》があるのに、なぜあなたはわざわざ物乞《ものご》いの真似事《まねごと》なんてしていたんだ」

ワトソンが不思議《ふしぎ》がる。

「最初《さいしょ》はお金《かね》のためでした。でも、だんだんそれだけではなくなった」

「物乞《ものご》いでいることを楽《たの》しんでいたんじゃないですか」

「ええ。街角《まちかど》に座《すわ》り、人《ひと》から憐《あわ》れまれる身《み》なりでいることは、私《わたし》の心《こころ》を自由《じゆう》にしました。どんな人間《にんげん》にでもなれる、どんなセリフでも口《くち》にできる役者《やくしゃ》のようにね。そう、私《わたし》にとって物乞《ものご》いとして街角《まちかど》に立《た》つことは、舞台《ぶたい》に立《た》つのと同《おな》じような感覚《かんかく》だったんです。それに、見《み》ず知《し》らずの人《ひと》との会話《かいわ》は、本当《ほんとう》に刺激的《しげきてき》でした。相手《あいて》も、物乞《ものご》いに話《はな》しかけられるほうが、バーで隣《とな》り合《あ》わせた人《ひと》と会話《かいわ》をするよりも気楽《きらく》だったようです」

「あなたならもっと別《べつ》の方法《ほうほう》で、その才能《さいのう》を生《い》かすことができるでしょうね」

ホームズは静《しず》かに言《い》う。

「そうだよ。奥《おく》さんを悲《かな》しませたり、家族《かぞく》に言《い》えないようなことはしないほうがいい」

　ワトソンがきっぱりと言《い》う。

「この男《おとこ》は、愛妻家《あいさいか》だからね。見習《みなら》うといい」

「からかわないでくれよ、ホームズ」

　ワトソンは照《て》れて、ムキになって抗議《こうぎ》した。

「この事件《じけん》の始《はじ》まりとも言《い》えますが、夫人《ふじん》が物乞《ものご》いの噂《うわさ》にわけもなく心《こころ》を惹《ひ》かれ、その姿《すがた》を探《さが》したのも、彼女《かのじょ》の、あなたに対《たい》する思《おも》いの強《つよ》さゆえではないでしょうか。夫婦《ふうふ》には、言葉《ことば》では説明《せつめい》できない、目《め》には見《み》えない絆《きずな》のようなものがあるのでしょうね」

　ホームズの言葉《ことば》に、ネビルは思《おも》わず涙《なみだ》ぐんだ。

「神《かみ》に誓《ちか》って、もうこのようなことはいたしません」

　こうして、ヒュー・ブーンは街角《まちかど》から姿《すがた》を消《け》した。

「唇《くちびる》がねじれて見《み》た目《め》は恐《おそ》ろしげだが、知的《ちてき》な会話《かいわ》をする物乞《ものご》いがいた」という噂《うわさ》は、それからもときどき、町《まち》の人《ひと》たちの話題《わだい》に上《のぼ》った。

# キーワード解説《かいせつ》

物語《ものがたり》に出てくる難《むずか》しい言葉《ことば》や
知《し》っておきたい知識《ちしき》をチェック!

## アヘン

ケシの実《み》から採取《さいしゅ》される麻薬《まやく》の一種《いっしゅ》。沈痛《ちんつう》、幻覚《げんかく》、陶酔作用《とうすいさよう》があり、常用《じょうよう》すると廃人《はいじん》になってしまいます。アヘンを吸《す》うことのできる店《みせ》をアヘン窟《くつ》といいます。イギリスと中国《ちゅうごく》の間《あいだ》では 1840 年《ねん》にアヘンの密輸《みつゆ》をめぐるアヘン戦争《せんそう》が起《お》こりました。日本《にほん》では法律《ほうりつ》で禁止《きんし》されています。

## 水夫《すいふ》

船乗《ふなの》りのこと。その中《なか》でも主《おも》に雑用《ざつよう》を行《おこな》う、身分《みぶん》の低《ひく》い人《ひと》たちのことを指《さ》すことが多《おお》いようです。

## スラム街《すらむがい》

街《まち》の中《なか》でも、とくに貧《まず》しい人《ひと》たちが集《あつ》まっている場所《ばしょ》のことをいいます。治安《ちあん》が悪《わる》く犯罪《はんざい》が多発《たはつ》したり、ゴミが放置《ほうち》されたりと環境《かんきょう》の悪《わる》さが問題《もんだい》になっています。

## シェイクスピア

イギリス出身《しゅっしん》の劇作家《げきさっか》で詩人《しじん》。16 世紀《せいき》後半《こうはん》から 17 世紀《せいき》はじめに活躍《かつやく》しました。代表作《だいひょうさく》は『ロミオとジュリエット』『ハムレット』など。

## ワーズワース

イギリス出身《しゅっしん》の詩人《しじん》。18 世紀後半《せいきこうはん》から 19 世紀後半《せいきぜんはん》に活躍《かつやく》しました。自然《しぜん》を美《うつく》しく印象的《いんしょうてき》にとらえるのが作品《さくひん》の特徴《とくちょう》です。

いろいろな事件《じけん》があったな…
ダーーン!!!
がばっ

だだだだっ
なんだ!?
どうした!!
バンッ
ヒマだから撃《う》った
…って
おいおい
こんな夜中《よなか》に近所迷惑《きんじょめいわく》だろ!
それにすごい煙《けむり》だ
もく
もく

ああ！
僕《ぼく》を興奮《こうふん》させる
すごい事件《じけん》は
起《お》こらないかなあ
僕《ぼく》が求《もと》めているのは
極《きわ》めて難解《なんかい》で
血《ち》なま
ぐさくて
人間《にんげん》の憎悪《ぞうお》が
複雑《ふくざつ》にからみ合《あ》う
ような…！
カッ
こいつ
ヤバイ
ああー
どんびき…
まあ
落《お》ちついて
ワインでも
飲《の》まないか
いいね
もらおう
すとんっ

チーズもあったよ～
…って
すやー
寝《ね》てる！
世界一《せかいいち》の名探偵《めいたんてい》…
おそろしくマイペースな男《おとこ》だ
次《つぎ》はどんな推理《すいり》を見《み》せてくれるんだろう
楽《たの》しみだな

◆カバーイラスト…おうせめい

◆マンガ脚本…森永ひとみ（事件ファイル1、2、3）

◆本文マンガ・イラスト…おうせめい（はじめに・おわりに）、
　遠野ノオト（事件ファイル1）、いさかわめぐみ（事件ファイル2）、江端恭子（事件ファイル3）

◆本文イラスト…蒼衣ユノ（事件ファイル3）、一ノ瀬いぶき（事件ファイル4）、ファルゼーレ（コラム）

◆小説執筆…森永ひとみ（事件ファイル2、3）、幡野京子（事件ファイル4）

◆カバーデザイン…ごぼうデザイン

◆本文デザイン…VAC creative、萩原美和

◆編集…コンセント、明道聡子（リブラ編集室）

## 参考文献

『ヴィクトリア朝百貨事典』著：谷田博幸（河出書房新社）
『ミステリ・ハンドブック シャーロック・ホームズ』編：ディック・ライリー　パム・マカリスター（原書房）
『シャーロック・ホームズと見るヴィクトリア朝英国の食卓と生活』著：関矢悦子（原書房）
『ヴィクトリア時代の衣装と暮らし』著：石井理恵子　村上リコ（新紀元社）
『シャーロック・ホームズ完全解説』監修：北原尚彦（宝島社）

※この本は『シャーロック・ホームズシリーズ』（アーサー・コナン・ドイル著）に独自のアレンジを加えたものです。

落丁・乱丁のあった場合は、送料当社負担でお取替えいたします。当社営業部宛にお送りください。
本書の複写、複製を希望される場合は、そのつど事前に、（社）出版者著作権管理機構（電話：
03-3513-6969、FAX：03-3513-6979、e-mail：info@jcopy.or.jp）の許諾を得てください。
JCOPY ＜（社）出版者著作権管理機構　委託出版物＞

---

キラキラ名探偵 シャーロック・ホームズ まだらのひも

| 原　作 | コナン・ドイル |
| 編　者 | 新星出版社編集部 |
| 発行者 | 富　永　靖　弘 |
| 印刷所 | 株式会社高山 |

発行所　東京都台東区　株式　新星出版社
　　　　台東2丁目24　会社
　　　　〒110-0016 ☎03（3831）0743

© SHINSEI Publishing Co., Ltd.　　　　　Printed in Japan

ISBN978-4-405-07209-1